解体の勇者の
成り上がり冒険譚 1

A L P H A L I G H T

無謀突撃娘
mubоutotsugekimusume

アルファライト文庫

ユウキ
本作の主人公。役立たずとして
勇者のパーティを追放された。
得意の解体技術を駆使《くし》して
成《な》り上がっていく。
リフィーア
ヒロインその1。
戦闘もこなす美少女神官。
ちょっと天然でよく食べる。
MainCharacters....
主な登場人物

エリーゼ
ヒロインその2。
しっかり者の魔術師。
リフィーアに負けず劣《おと》らず
食欲旺盛《おうせい》。
ベルファスト
勇者のパーティを率《ひき》いるリーダー。
性格が歪《ゆが》んでおり、
他者を見下《みくだ》している。

プロローグ

「ユウキ、お前は今日限りでパーティを抜けろ！」

突然、勇者のパーティのリーダー、「剛剣《ごうけん》の勇者」ベルファストからこう言われた。

僕、ユウキは混乱したまま尋《たず》ねる。

「……何でいきなり。ってか、どうして？」

「モンスターの解体しかできない奴なんか、俺たち勇者のパーティには足手まといなんだ。というか、そんな役立たずに利益を分配し続けていると、俺たちの分がとんでもなく減《へ》るだろ。わかった？」

僕の質問に答えたのは、「静寂《せいじゃく》の勇者」ベルライトである。彼もベルファストの考えに同意しているようだ。

「そうよね。あなたの仕事くらい他の者でもできますもの」

続いて、「城砦《じょうへき》の勇者」カノンが追従《ついじゅう》する。

「お前、邪魔《じゃま》」

「お前、無用《むよう》」

残り二人、「火炎《かえん》の勇者」ファラと「御門《みかど》の勇者」メルも同意見のようだ。

ワイバーンの解体を終えた僕に、ゴミを見るかのような視線を向ける勇者たち。

ベルファストが僕を追い払うように言い放つ。

「もう多数決で決まってるんだ。金までは取らねぇでやるから、素材と食料は全部置いて、今すぐ出ていけ」

×　×　×

「はぁ、どうしようか」

僕は、これからどうすべきか、少しばかり悩《なや》んでいた。

勇者パーティとは、こっちの世界に来てからすぐに出会った。

以来ずっと、奴らの顔色をうかがう日々だった。

そんなある日、モンスターの討伐《とうばつ》命令が下され、勇者とともにモンスターを駆逐《くちく》していた矢先——

いきなりの追放だ。

勇者たちは僕のことを使いっぱしりくらいにしか思っていないし、いつも「ゴミクズ」と罵倒《ばとう》していた。

そんな毎日から解放されると思うと——逆にすがすがしい気持ちになるかな。

「さて、とりあえずは……」

ひとまず僕は町に戻り、冒険者ギルドへ行くことにした。

第1章　新しいパーティ

数日後、近くの町まで戻る途中――

「ん？」

僕は視線の先に馬車を捉《とら》えた。馬車の周囲には数体のモンスターがおり、今にも襲《おそ》いかかろうとしている。

「やれやれ」

僕は馬車を助けることにした。

すると、掛け声が聞こえてきた。

「ヤァッ！　ヤァッ！」

御者《ぎょしゃ》と商人以外に年若い少女がいる。どうやら彼女が声の主のようで、たった一人で馬車の護衛《ごえい》をしているらしい。

だが、その装備《そうび》はあまりにもお粗末《そまつ》だった。

戦闘経験が少ないのか、空振《からぶ》りすること多数。それに焦《あせ》ってさらに動き、体力を大きく消費している。

このままでは天国に行くことになるだろうな。

「助太刀《すけだち》する」

僕は腰に下げていた一本の短剣——解体包丁を抜く。

相手はウルフ五体。

これならさして時間はかからない。

一気に距離《きょり》を詰《つ》めると、飛びかかってくるそれらを寸前でかわして瞬時に殺す。全部仕《し》留《と》めるのに数分かからなかった。

僕は地面に倒れていた商人たちに声をかける。

「大丈夫ですか？」

「ああ、すまないねぇ」

負傷者《ふしょうしゃ》はおらず、損害《そんがい》は大してないようだ。

「では、これで」

立ち去ろうとすると——僕の服を誰かが握《にぎ》っている。

先ほど一人で戦っていた少女だ。

外見《がいけん》は神官のようだが、その装備はメイスと盾《たて》。ということは、近接戦闘ができる神官戦士なのだろうか。

だが、さっきの戦いぶりと外見から、まだ駆《か》け出しなのは間違いないな。

「……あ、あの！　私はリフィーアといいます！　戦いの神を信仰している一派の一員です。まだ神の声を聞いたばかりで経験がなく、大司祭様から『旅に出よ』と言われて今回の護衛を引き受けたんですが……」

危《あや》うく全滅《ぜんめつ》する寸前だった。命があっただけでも運が良いほうだろう。

リフィーアと名乗った少女がすがりつくように頼《たの》み込んでくる。

「も、もしこの先の町まで行くのでしたら、護衛として一緒に行きませんか？　お金はお支払いしますので……」

目的地は一緒のようだし、別にそれぐらいいいか。

「いいよ、護衛料は相場で。あとは……」

倒したモンスターを分配する交渉《こうしょう》をし、半々で分けるという条件でまとまった。

さっそく馬車に乗り込むと、リフィーアが僕のことを聞いてくる。

「……えっ？　パーティから追い出されてしまった？」

「そう。まぁ無理やり組まされてたし、未練もないけどね」

ちなみに向こうから縁《えん》を切られたので、責任問題になったりしない。

そっけなくしていたつもりだったけど、それからも彼女はしきりに質問してきた――のでほどほどにあしらっておいた。

町に到着して、報酬《ほうしゅう》をもらった。

えっと、ひぃふぅみぃ。うん、金額は間違っていないようだ。
・・・こっちに来て困ったのは、文字の読み書きと数字の計算方法、そして通貨の種類の多さだ。
前二つは頑張《がんば》って何とかなったが、通貨が大変だった。

とにかく質が悪く、歪《ゆが》みのある貨幣《かへい》が多すぎる。文字とか印章とかが擦《す》れていて、出来があまりに悪いのだ。

簡単に偽造《ぎぞう》されそうとしか思えなかったし、実際偽造された紛《まが》い物の貨幣が結構流通していた……もちろんそういう貨幣は換金率《かんきんりつ》が悪い。

リフィーアはまともなのを用意していた。

今さらだけど、僕がこの世界のことを「こっち」と呼んでいるのは、別の世界「地球」から来た転移者だからである。

父は指折りの狩人《かりゅうど》で、母は大農家の跡継《あとつ》ぎ、祖父《そふ》は優《すぐ》れた武道家という環境《かんきょう》で育った僕は、父母からサバイバル術と獣の解体技術、祖父からは武芸を叩き込まれた。

そうして農家を継《つ》ぐため、県内でも有名な農業高校への進学が決まったそのすぐあと――神様に「異世界で勇者になれ！」と拉致《らち》され、こっちにやって来たのだ。

それはさておき、僕が冒険者ギルドへ行こうとすると、リフィーアがなぜかついてくる。

「何でついてくるの？」

「護衛の依頼が終わったのを報告する必要がありますから」

結局、そのまま冒険者ギルドまで一緒に行くことになった。

「おい、あれ『解体の勇者』だぜ」

「ああ、他の勇者に寄生《きせい》するしかないゴミか」

「一人ってことは追い出されたんだな、いい気味だ」

冒険者ギルドに入るやいなや、明らかな侮辱《ぶじょく》の声が聞こえてくる。

勇者のパーティはとにかく僕の悪口を言いふらしていたので、たまにこういう奴らがいたりする。

リフィーアはとてつもなく不機嫌な顔をしていた。僕が言われているのに、何で君がそうなるんだろうな。

ひとまず僕らは窓口までやって来た。

「本日はどのようなご用件でしょうか」

僕への悪口も聞こえていただろうに、ギルドの受付は職務《しょくむ》に専念《せんねん》しているようだ。いっさい感情を出さず淡々《たんたん》としている。

さっそく僕はいろいろ省《はぶ》いて、単刀直入《たんとうちょくにゅう》に告《つ》げる。

「パーティを抜けた。だから新しいパーティを作る」

「では、こちらの書類にサインを」

出された書類に記入しようとしたのだけど、今さら他にメンバーがいないことに気づいた。

自分一人でもいいが……やはり誰かしら欲しい。けど、悪評《あくひょう》が広がっている僕とは誰も組みたがらないだろうな。

ふと隣《となり》を見ると、リフィーアが笑顔で待っていた。

彼女は僕のことを嫌っていなさそうだし、能力のバランスがいい神官戦士だ。誘《さそ》って損《そん》はないかもしれない。

「……あのさ。君に相談がある」

「はい。何でしょうか」

「パーティを新しく組もうと考えてるんだけど、メンバーがいないんだ。良ければどうかな？」

「もちろん！　喜んで！」

呆気《あっけ》ないほど簡単にパーティが組めた。すぐさま彼女は書類に名前を書き込む。一応、リーダーを僕にしてくれたみたいだ。

ともかくこれで最低限のことは終わった。

僕はリフィーアに尋ねる。

「失礼だけど、ギルドランクは」

「10位です」

「こっちも同じ」

「そうなんですか？」

ギルドのランクは、最高位の1位から最低位の10位まである。どうやら二人とも、そこらの駆け出しと変わらないランクのようだな。

なお、ランクは様々な項目から評価される。周囲の評判、倒したモンスターの種類と数、討伐に要した期間など多岐《たき》にわたるのだ。

総合的な社会貢献度《こうけんど》とも言えるので、ひたすらモンスターを倒すだけではだめらしい。犯罪とか問題とかを起こしたりすると、ランクは上がらない仕組みになっている。

もっと具体的に言うなら、8位までならそこそこやれる程度。6位ならなかなか頼《たよ》りになる。4位だと信頼できる実力者。3位以上は完璧《かんぺき》に仕事をこなす優秀者《ゆうしゅうしゃ》。さらに上となると、凡人《ぼんじん》は考えるだけ無駄ってレベルだ。まぁ、大まかにこんなものだろう。

え？　先に組んでた勇者はどれくらいかって？

他の人とほとんど組んだことがないから何とも言えないが、ギリギリ7位くらいってところだと思う。勇者だの何だのと煽《おだ》てられているけど、周囲のことが見えてない奴らだし、そんなもんだ。

僕はリフィーアに尋ねる。

「どんな魔法が使える？　回数は？」

「ヒール、ライトだけです。回数は五回です」

駆け出しにしては結構使えるな。

さっき報酬をもらったとはいえ、資金的に宿屋に泊まれるのか怪《あや》しいので、魔物を数体は狩《か》らないといけない。

そんなわけで、僕はリフィーアを連《つ》れて町の外に出た。

できれば報酬の良い素材が採《と》れるボアが出てきてほしいところだが――ウダウダしていると獲物《えもの》が逃げるので、サクサク行くことにしようか。

×　×　×

「側面に回り込んで！　できる限り頭部を狙《ねら》う」

「は、はい！」

町を出てしばらく進むと、ウルフの群《む》れと出くわした。数は五体。駆け出しではちょっと苦戦する相手であるが、問題ない。

腰から包丁を抜き、構える。

相手はこちらを警戒《けいかい》し、円を描《えが》きながら動き続けていた。

とりあえず僕に三体引きつけて、処理することにした。

一体目は素早く頭部を狙い即死させ、返す刀で二体目もばっさりと殺《や》る。三体目はそれに驚《おどろ》いて動きを止めたので、喉《のど》をかき切って殺した。

リフィーアのほうはというと、二体のウルフに押されている状況だった。盾で何とか防いでいるが、足を噛《か》まれそうになっている。

怪我《けが》をされると面倒なので、助太刀して一体を瞬殺《しゅんさつ》。

最後の一体は残しておいた。

「はわわわ～」

「落ち着いて、視線と動きを見て、次の行動を予測して備《そな》える。自分が動くと相手も動くのだから」

リフィーアには戦闘のレクチャーが必要だと思った僕は、指示は出しつつも彼女が自力で倒せるまで待つことにした。

数分後、相手の行動を観察できるようになった彼女は、ウルフの動きを先読みし、その頭部にメイスの一撃を加える。

そして、相手の動きが止まっているところを滅多《めった》打《う》ちにして何とか倒した。

「はぁはぁ、やっと、倒せた」

さて、さっさと仕事をしますかね。

ここからが僕の仕事の本番だ。

「それは？」

「モンスター解体用の道具一式」

僕が取り出したのは、三本の木の棒。それらをバランス良く立て、中央に獲物を吊《つ》り上げるのだ。その他にもいろいろな道具を並べる。

僕は慣れた手つきでウルフの死体に縄《なわ》をかけて吊るし、解体作業に入る。

まずは膀胱《ぼうこう》から汚物《おぶつ》が出ないようにしてから、内臓が落ちてくる場所に大きめの桶《おけ》を置いて、一気に腹を裂《さ》く。

すると、凄《すさ》まじい勢いで内臓が滑《すべ》り落ちてきた。

続いて、前足と後ろ足の境目《さかいめ》より切れ目を入れ、徐々に毛皮を剥《は》いでいく。それをしばらく行い皮をすべて剥ぎ取ると、骨に沿《そ》って各部位の肉を切り出す。

「うぷっ」

リフィーアは解体作業を見て、少しばかり気持ちが悪くなってしまったようだ。

「生の解体を見たのは初めてです」

「ああ、神官だとこういうのに縁がないかもね」

僕は二体目を解体している途中だけど、話しながらも手は休めない。リフィーアも慣れてきたのか、しだいに興味を持ち出し、尋ねてくる。

「大きなまな板の上でするのが、普通ではないでしょうか？」

「そうかもね。でもこのほうが楽だし、綺麗《きれい》にできるんだよ」

こっちの世界では、解体技術はあまり発達していないようだ。

そういえば、あの勇者たちもまったくできなかったな。

戦闘の際、ひたすら攻撃を打ち込むために素材がボロボロになり、ギルドで買い叩かれるのが日常茶飯事だった。できる限り良い部分を採ろうとすると、無駄だの何だの文句ばかりつけられていたように思う。

よくよく考えてみると、ここまで良い状態で解体できたのはかなり久しぶりだ。せっかくなので、切り分けた部位は汚《よご》れがつかないようにしておく。

リフィーアが感心したように言う。

「……綺麗です」

「ん？」

「あ、その、分けられた肉とか毛皮とかの状態が、あまりにも良くて……」

「このくらいできないと、家族から怒られるからね」

「ご家族はどこに？」

「星より遠い場所」

「天に召《め》されたのですか？」

「わからない。生きているかどうかも、確認する方法がないんだ」

何しろ異世界に来てしまったのだ。もう諦《あきら》めたほうがいいだろう。

それからリフィーアは口を利《き》かず、僕が解体するのを黙《だま》って見つめていた。

「よし、終了」

「お疲れ様でした」

解体したものは、何でも収納できる魔法のバッグに入れる。ちなみに、解体道具とかもここに入れてある。

「でも、これで終わりじゃないよ」

そう言って僕はリフィーアに鍬《くわ》を渡す。彼女は「なぜこんなものを持たされるの？」という顔をしていた。

「これは？」

「流れた血とか内臓とかはモンスターを呼ぶんだよ。そうなるといろいろな人が困る。だから」

地面に穴を掘《ほ》って埋《う》めるのだ。

「そこまでするのですか？」

「そうするのが、狩人《かりゅうど》のマナーだからね。まぁ場所によるけど、ここは町に近いから」

二人で穴掘り作業をする。一メートルほどの深さまで掘り、そこに内臓やらを全部入れてしっかりと埋めた。

「さぁ、町に戻ろうか」

「はい」

一仕事終えたのもあって、二人そろって晴れやかな笑顔だった。

町に戻った僕たちはギルドへ赴《おもむ》き、解体したウルフの素材を買い取ってもらった。

「はい、これが換金額です。お確かめください」

そうして布袋に入ったお金をもらう。

「結構、ありますねぇ」

リフィーアは、たかがウルフ五体程度なら大したお金にはならないと思っていたようだ。

それで実際受け取ってみて、その金額に驚いていた。

「てか、普通の倍はありますよ。これ」

「そりゃあ、下手《へた》くそな手順で皮を剥いだり肉を分けたりしたら、値段はかなり下がる。

そのまま持って帰ったほうが高いときだってあるんだ。でも、そのぶん手間賃《てまちん》を取られるし、血抜きとかすぐにしないと肉の味は落ちる。それをすべて完璧にやったから、この報酬なんだよ」

「そんなに値段変わるんですか……」

「変わる」

たかがモンスターの解体と侮《あなど》るなかれ。

素人《しろうと》と熟練《じゅくれん》では、腕の差が如実《にょじつ》に出てしまうのだ。

解体手順をしっかり守らないと価値は大幅《おおはば》に下がるし、場合によれば貴重《きちょう》な素材がゴミにもなってしまう。

先の勇者パーティは解体をすべて僕に任《まか》せていたから、わからないかもしれないけど。

「多くの人が血抜きくらいしかできないし、すぐに腐《くさ》らせてしまうからね」

「へぇ〜」

そんなのを買い取れと迫《せま》ったところで、無理なのは当たり前である。リフィーアと会話をしていると突然——

グゥ〜、と腹の音が鳴った。

僕のではない。

「ア、アハハ。緊張《きんちょう》が解《と》けたから」

そういえば、食事を取るのを忘れてたな。

それじゃ、得た糧《かて》を消費して、未来に備えるとしましょうかね。

僕はリフィーアを連れて、食堂へ行くことにした。

×　×　×

「ねぇ、ちょっと」

「はい？」

「そんなに食うの？」

「……ごめんなさい」

食堂で最初に料理を頼んだときは、二人とも普通のランチセットだった。だが、リフィーアが何か気にし出したのだ。

ここのメニューは少しボリュームが多い。食いきれないのか？　小食なのか？　と考えていると――

「足《た》りないです」

リフィーアは細い声で言った。

それで適当に追加で頼めばいいと許可を出すと、結構な料理を注文したわけで……

「人は見かけによらない、っていうけど」

「神殿では決まった量しか出されないから、不満で不満で仕方なくて」

テーブルには、互いが注文した料理が並んでいる。

だが、その量は倍以上違っていた。

「やれやれ」

「すみません、ほとんどの仕事を任せてしまったのに」

「その話は後々《のちのち》。今はとにかく食おう」

そうして料理に手をつける。

リフィーアはナイフとフォークを忙《せわ》しなく使い、料理を口に運《はこ》んでいた。あっという間に皿から食べ物が消えていく。

「ふ〜っ」

「ご馳走様《ちそうさま》でした」

二人そろって水を飲む。

僕の目の前には満足した笑顔の美少女がいるけど……甘い絵面《えづら》ではないな。

「これだけの量を食べたのは久しぶりです」

「神殿の食事って少ないの？」

「そういうわけじゃないんですけど、大食いは良くは見られませんね。おかわりなんてもってのほかです。出された範囲で終わらせるのが普通ですから」

神殿により教義は変わると思うけど、確かに神様の前で他人よりも遥《はる》かに量を食べたら……欲深いとか言われそうだよね。

しかし、この大食い娘を食わせていくとなると……

少し軌道修正《きどうしゅうせい》しないとまずいな。できる限り労力が少なく利益が多い方法を採らないと、路頭《ろとう》に迷《まよ》うかもしれない。

食事を終えて席を立とうとしたんだけど、リフィーアは座ったまま他のテーブルに置かれている料理を見ていた。

はぁ……そういうことか。

仕方ないと諦めて「追加を頼んでもいい」と言うと、リフィーアは笑顔でいっぱいになった。

今回の食事代、取り返せるかなぁ。少し心配になる。

食事を終えた僕たちは、冒険者ギルドに行き、依頼を受ける手続きをした。

リフィーアが不思議そうに尋ねてくる。

「ネズミ退治《たいじ》、ですか」

「うん」

こちらの世界でもネズミは下水道などにかなり多くいて、不衛生《ふえいせい》だ。

体が大きく動きが機敏《きびん》であるうえに、病気の原因にもなる。そのため駆除《くじょ》依頼は多く報酬も悪くないのだが、誰もやりたがらないのだ。

「やり方しだいでは短時間で稼《かせ》げる。これほど効率のいい稼ぎはないしね」

「冒険者とは、そこまでするものなのですか……」

「仕方がないでしょ。数が多すぎて誰も手が回らないんだから」

「神官なのにネズミ駆除とは……」

思うところはあるだろうが、彼女が大食いすぎてこのままだと数日で破産《はさん》してしまう可能性がある。依頼を選《え》り好《ごの》みしている時間はないんだよ。

まずは駆除用の薬を作るために市場に行き、猛毒薬《もうどくやく》と小麦粉などを買った。蜂蜜《はちみつ》を加えて練《ね》り込み、球体状のものをいくつも作る。

それを手で触《ふ》れないように布に包むと、問題の下水道に行った。

「うわぁ」

リフィーアはそこらじゅうにいるでかいネズミを見て、完全に引いている。

「これを置いて」

さっき作った殺鼠剤《さっそざい》を彼女に渡す。もちろん手袋も忘れずに。

した。

「ネズミの餌《えさ》であると同時に、彼らを殺す猛毒食でもある」

二人でネズミがいると思われる場所に殺鼠剤をいくつも置いてから、下水道をあとにした。

「これは？」


――翌日。

「ヒィイ～」

再び下水道に行くと、ネズミの死体が至《いた》るところに転《ころ》がっていた。

その数は百を超《こ》えるだろう。

「はい。これで、殺したという証拠《しょうこ》にするため、尻尾を根元から切って」

僕はリフィーアに、大きな鋏《はさみ》と手袋を渡す。

「急いで切り取って。終わったのはこっちで袋詰めにするから」

「は、はい」

大量のネズミの死骸《しがい》を処理することに没頭《ぼっとう》する。リフィーアが死骸から尻尾を切り取っていき、僕はそれを布袋に入れていく。

「ネズミの死骸はどうするのですか？」

「一箇所《いっかしょ》に集めて油をまき、一気に焼き払うって方法もあるけど……なにぶん数が多すぎる。だから今回は、森に捨ててモンスターに処理させる」なくていい。

モンスターに食わせるのはあまり良い考えとはいえないけど、そのほうが手間がかから

すべてのネズミの死体をくまなく回収し、二人で大量の布袋を持って森まで行き、次々と投げ捨てる。

「これで終了ですか?」

「まだまだ。あの様子だと、警戒して食わなかったり気づかなかったりするかもしれないから、モンスターが食べるのを確認しないとだめ。放置されたら腐っちゃうしね」

うへぇと、リフィーアは嫌そうな顔を隠《かく》さなかった。

「それが終わったら、冒険者ギルドに駆除した証拠を持っていって換金してもらおう」

塵《ちり》も積《つ》もれば何とやらだ。

とりあえずこれで食いつなぐことはできる。

もう気にする理由も価値もないが、あの勇者という残念な連中はどうなってるのだろうか。彼らのことが、僕の頭をほんの少しだけよぎった。

× × ×

一方その頃、勇者パーティはというと――

「よっしゃ、ワイバーンを狩ったぜ！」

あれから勇者たちは仲間を三人増やして、モンスターを狩っていた。

それは傍目《はため》から見れば、順調そのものだったが――

「そんじゃさっそく解体を……」

リーダーのベルファストが仲間にそう指示を出すと、全員の動きが止まった。

そう、重大な問題に直面することになったのだ。

「誰か、解体できる奴はいるか？」

全員が無言となる。

ベルファストは額《ひたい》から冷や汗を流す。

このパーティには、戦闘ができる者はいてもモンスターを解体できる者はいなかった。

そのことに今さらながら気がついたのだ。

「だ、誰もいないのか！」

「「「「やったことない」」」」

これだけいながら、誰もその技術を持っていなかった。

収納できる魔法のバッグはあるが、こんな大きな獲物は入れられない。部位を切り離《はな》し、持ち運べるようにしないと入らないのだ。さらに血抜きをしないと、換金額が大幅に下がってしまう。

それで仕方なく、自分たちで解体することにしたのだが……

「「「「ど、どこから手をつければいいの？」」」」

またも全員で考え込んでしまった。

思い返してみると、彼らはユウキにすべて押しつけて自分たちは何もせずにいた。なので、解体をどうやるのかさえ知らなかった。

解体など誰でもできると思い上がっていたのだ。

「と、とにかく。やってみよう」

こうしていても始まらないので、とりあえずやってみることにした。

——一時間後。

「ハァハァ」

それぞれが剣やら何やらを持ってやってみたが……結果は最悪だった。

頑丈《がんじょう》な鱗《うろこ》や皮はそう簡単に切れず、突き刺すのも一苦労。切り裂くだけで重労働だ。骨のつなぎ目はさらに難儀《なんぎ》で、逆に刃を傷《いた》めるだけだった。上手《うま》く切り出そうとしても思い通りにならず、部位をボロボロにしてしまう。

結局、ワイバーンは無価値な残骸《ざんがい》になってしまった。

ベルファストが叫ぶ。

「クソ！　クソクソクソ！　なんでこんなふうになっちまうんだよ！」

「「「「…………」」」」

目の前の残骸を見て、全員が押し黙っていた。

「あ、ある程度は採れましたので、一度換金に行きましょう。それより食事にしませんか？」

カノンの言葉に皆が頷《うなず》く。

全員に焦りが生まれていたが、現状ではどうしようもない。冒険者ギルドで解体ができる仲間を見つけることにして、皆、無理やり納得した。

「そ、そうだな。とりあえず腹ごしらえをしようか」

そしてそこで、さらなる問題が判明する。

「誰か！　誰か料理を作りなさい」

カノンがそう言っても、誰も手を挙《あ》げなかった。

「こ、これだけいて誰もできないの？」

メンバーの誰もが料理ができないという最悪の事態に直面する。いつもはユウキにすべて任せていたのである。

そもそも、誰も包丁や鍋《なべ》を持っていなかった。火をおこそうにも種火《たねび》や薪《たきぎ》がない。

全員がただの戦闘馬鹿であったために、ユウキの重要性を理解していなかったのだ。

「「「「………」」」」

皆の顔に絶望《ぜつぼう》が浮かぶ。

「と、とりあえず町まで戻りましょう。大急ぎで行けば、日暮れには着けると思いますから」

カノンの言葉で町へ戻ることにしたのだが……


「くそっ、ウルフの群れだ」

モンスターの群れに不意打ちされてしまう。

なぜそうなったか。

その理由も、ユウキがいなかったからである。

ユウキはいつも周囲の索敵《さくてき》と警戒をし、不意打ちを防ぎ、退路《たいろ》の確保を人知れず行っていた。それをする人間がいなくなれば、こうなるのは必然だった。

急ぎ足で来たため、疲労と空腹《くうふく》で力が入らない。それに加えて奇襲《きしゅう》まで受けては、勇者といえども戦闘能力は格段に低くなる。

何とか振りきって逃げた。

負傷者は出なかったが、勇者としての自信がボロボロになるほどのダメージを心に負《お》っていた。

予定より遅《おそ》く、命からがら町にたどり着く。開いてる店はほとんどなく、買えたのはボソボソした売れ残りのパンと水だけだった。

「クソッ、勇者である俺らが何でこんな貧相《ひんそう》な食事を！」

いつもなら温かくて美味《おい》しい料理が食えたのに。

愚痴《ぐち》が出てしまうのも仕方がなかった。

その日は疲労と空腹に耐えて宿屋で休むことにし、翌日冒険者ギルドへ行って、換金と仲間探《さが》しをすることにした。


「はぁ！　何でこんな値段なんだ。安すぎるぞ⁉」

「そう言われましても。私どもではこれが精一杯《せいいっぱい》でして」

先に出したユウキが解体した素材は、だいぶ良い値段がついた。だが、あとに出した自分らが解体した素材は、それの十分の一以下の値段だった。

「俺らは勇者ぞろいのパーティだぞ！」

あまりの値段差に、ベルファストが怒りを露《あら》わにしていると、職員がその理由を説明し出す。

「先に出された素材……これはまさに完璧な仕事です。必要な部位をまったく損《そこ》なうことなく筋《すじ》に沿って切られ、無駄な部分がどこにもありません。これほど完璧な解体技術を持つ者など、まずおりませんでしょう。だから、相場より色をつけて買いましたが……あとに出された素材は最悪そのものなのですよ」

それからギルド職員は、その素材がいかに最悪かについてじっくり伝えた。

「……というわけでして、前者と後者ではあまりにも技術が違いすぎます。使える部分をまるで子供のお遊びのようにグチャグチャにしてしまったこの素材など、値段がないも同然。それでも不足しているため値段はつけましたが……」

すると、ベルファストは声を上げる。

「俺らは勇者のパーティだぞ！　相応の値段をつけろ」

「この二つの素材、仕事を行ったのは明らかに別人でしょう。同じような値で買い取りをするのは不可能ですね」

「あぁん、ざけんな！　ただへーこらするしかできない職員風情《ふぜい》が！」

ベルファストはついに言ってはいけない暴言《ぼうげん》を吐いた。

ギルド職員に対してありえない態度に、周囲の冒険者たちまで眉《まゆ》をひそめる。

ギルド職員は内心で毒づく。

(こいつら正気《しょうき》か？　世界中で冒険者へ仕事を斡旋《あっせん》している冒険者ギルドに向かってなんて態度なんだ。我《が》が強い連中だと聞いていたが、ここまで酷《ひど》いとは)

以前からそうした噂《うわさ》は立っていたが、勇者とは名ばかりの乱暴者でしかなかった。

実は、彼らへの対応策は出されていたので、ギルド職員はそれを遂行《すいこう》することにした。

「ご不満なら、ギルド支部長と話してください」

「そうだ！　ギルド支部長はお前とは違い、無能ではない。すぐに俺らが正しいことを理解してくれるぜ」

ベルファストの暴言にギルド職員は怒りがこみ上げてきたが、表情には出さずギルド支部長の部屋に案内する。

勇者たちも職員も、怒りが爆発寸前であった。

「ギルド支部長、勇者のパーティが話があるとのことで……」

「あら、何の用件なの」

ギルド支部長は、茶色のロングヘアーで長身の壮麗《そうれい》な女性である。

ベルファストがさっそく抗議《こうぎ》する。

「ギルド支部長、聞いてくださいよ！　この職員が不当に低い金額を提示したんです」

ギルド支部長は目を細め、職員に問いただす。

「どういうこと？」

「はっ、同じワイバーンの素材が持ち込まれ、一つは完璧な状態を保っていましたが、もう一つは何も知らない素人が無理やりやったかのように酷いものでした。そこで、買い取り額を大幅に減らす提案をしたのですが……」

ギルド職員が両方を台の上に置くと、ギルド支部長は一目見て、大きくため息をついた。

「なるほどね。これは一目瞭然《いちもくりょうぜん》だわ」

「「そうでしょう」」

勇者とギルド職員の声が重《かさ》なる。どちらも確信を抱《いだ》いているが、その中身は逆である。

ギルド支部長が、ベルファストに尋ねる。

「そういえば、あなたたちのパーティにはユウキという人物がいたと聞いていますが、彼はどこに？」

「あいつは無駄飯食《むだめしぐ》らいなので追い出しました。その代わりに、新しく優秀なメンバーを入れています」

自信満々に答えるベルファストだったが、それを聞いてギルド支部長は、再び呆《あき》れたようにため息をつく。

「……そう、そういうことなのね。わかったわ」

ギルド支部長はフンフンと頷きながら、なぜか笑《え》みを浮かべていた。

やはり職員が不正をして素材を安く買い叩いたのだ、勇者たちは確信を強めていたが……ギルド支部長が言い放つ。

「この勇者たちのパーティの順位を一つ……いいえ、二つ下げなさい。こんな何もわかってない馬鹿どもに、今のような評価を与えるなど冒険者ギルドの恥《はじ》。すぐさま書類を書き換《か》えなさい」

「「「「!?」」」」

勇者たちは戦慄《せんりつ》し、ベルライトが声を上げる。

「お、おい！　いったいどういうことだよ！　せ、説明しろ！」

「説明？　そんなのわかりきっていると思ってましたが……説明が必要ですか？　二度は言わないからしっかり聞きなさい。まず冒険者ギルドの大鉄則として、パーティメンバーが替わった場合、それに合わせて順位が上下する。これは、最初に説明したはずです」

ギルド長の言葉に、ベルファストが小馬鹿にしたように言う。

「はぁ？　たかが解体ぐらいしかできないクズが抜けたところで評価が下が……」

「下がるんですよ！　ギルドのランクは討伐したモンスターの強さによって決まると思われがちですが、実際はそうではありません。素材を持ち込むことで、どのような利益が生まれるか、社会的な益の循環《じゅんかん》をどう促《うなが》すか、他者にどういう益を与えるのか、そうしたことが重要なのです」

一気に捲《まく》し立てるギルド支部長に、何も反論できない勇者たち。

ギルド支部長はさらに言い募《つの》る。

「あなたたちの装備は誰が製作していますか？　破損《はそん》した装備の整備などを誰がしてくれますか？　回復用のポーションや解毒剤《げどくざい》は誰が作ってますか？　その素材をどこから集めてくれますか？　そして何より、そうした人たちとの交渉は誰がしてくれましたか？」

勇者たちは今さらながら、その手の交渉は全部ユウキに押しつけていたことを思い出す。

カノンが恐る恐る言う。

「……だ、だけども、ユウキが雑用をやるのが当たり前で……」

「そう、当たり前すぎるから疎《おろそ》かにしてしまう。思い返しなさい、ユウキが今までしてきた行動を！　どんなに忙しくても毎日ギルドに顔を出して世間話をし、職員の些細《ささい》な悩みを聞いて知恵を出して良い方向へと進ませようとする。そういった付き合いをすれば顔見知りとなり、ある程度融通《ゆうずう》を利かせてもいいと思うようになる。それが人情というものです」

「そんな程度のことで」

未だに現実を理解できない勇者たちが睨《にら》みつけてくるが——ギルド支部長には無意味だった。ギルド支部長は声を荒《あら》らげる。

「お前らが見えないところで、ユウキがどれだけ苦労したと思ってるんですか！　どれだけ頭を下げたと思ってるんですか！　その苦労を考えれば、ユウキのいないパーティなんて順位が下がっても当たり前ですよ！」

「だけども、あいつは戦闘に参加してなかったし……」

クズが抜けただけで評価がなぜ下がるのだ？　未だそう言いたげなベルファストに、ギルド支部長は告げる。

「ユウキの本業は盗賊です。盗賊の世界においては、危険が起きる前に要因を盗《ぬす》むのが肝《かん》要《よう》。それができることが、最高に腕の立つ盗賊の評価となるのです。だから本来は、別に戦闘に参加しなくてもいいんですよ。実際、あなたたちはこれまで、敵の奇襲を受けたことなどないでしょう」

ベルファストはふと思い返してみた。

確かに、休憩《きゅうけい》のときも、食事のときも、寝るときも、ユウキは周囲を警戒していた。これまで生きてこられたのは――

あいつのおかげだったのか？

「その顔だと……ようやく理解できたようですね。こちらは仕事が忙しいんですから」

――さっさと出ていけ、と。

そう言いたげなギルド支部長に、ベルファストはすがり付こうとする。

「ちょ、ちょっと待ってくれよ！　理由はわかった。もう一回ユウキを仲間に入れるから、俺たちの順位のダウンを取り消してくれ」

「どこまで馬鹿なのですか？　彼が一度放り出した仲間を信頼すると思っていると？　寝言も大概《たいがい》にしなさい。元は6位でしたが、ユウキがいない今では8位までの仕事しか請《う》けられないようにしますし、依頼の許可も制限します。それから当然ですが、国に訴《うった》えても無駄だと断言《だんげん》します」

「なんだと！　俺らは有力な貴族家の出だぞ！　支持者も多いんだ。あとで後悔《こうかい》するなよ！」

結局、ベルファストは逆ギレし大声で怒鳴《どな》りつけるのだった。

そうして勇者たちは怒り心頭《しんとう》に発して出ていった。

×　×　×

「あの馬鹿どもは、どこまで迷惑《めいわく》かければ気が済むんでしょうかね」

ギルド職員が、ギルド支部長リリエットに尋ねる。貴重な時間を無駄にした彼女は機嫌を悪くしていた。

貴族の中には冒険者となって一旗《ひとはた》揚《あ》げようとする者もいるが、ああいう手合いばかりだった。

「フン、自力では大したことがないくせに大物気取りとは」

あの程度など探せばいくらでもいる。ワイバーンぐらいはどうにかなるかもしれないが、それ止まりだ。

そんなことより――やっとユウキが自由になれたのだ。

そう考え、リリエットは笑みを浮かべる。

別に彼らがどうなろうと構わないが、先に手を打っておくのがいいか……何やら考え事をしているリリエットに、ギルド職員が尋ねる。

「例の手紙を出しますか？」

あいつらはあれからまったく変わってない。もうすでに包囲されていることを存分に味わってもらおう。ユウキには二度と干渉《かんしょう》できないようにしておくほうがいい。

リリエットは考えを整理すると、職員に命令を出す。

「一番速い伝令馬を用意して」

「かしこまりました」

以前から練られていた計画をついに発動するときが来たのだ。

勇者のパーティはリリエットのことをまったく覚えていなかったが、彼女はあのときのことを忘れたことなどなかった。

あれはそう、リリエットがギルド支部長となるほんの少し前のこと。

第2章　解体の勇者

「リリエットさん、今日はあなたに重大な話がある」

――心して聞くように、と。

「何でしょうか」

人払いした部屋で、私、リリエットはギルド支部長の言葉を待っている。

この頃、私は有力なパーティの一員で、重要な戦力として活躍していた。

心身ともに充実し、同世代で頭一つ抜けた評価を得ていると自覚し、それに応えるように努力も怠《おこた》らなかった。

「実はな、とある町のギルド支部長が任期を終えて退職するのだ。人望が厚《あつ》く町の人からの評判も良い好人物なのだが、いかんせん年齢が年齢で体が上手く動かないそうでな。それで、次の席が決まっていないのだ」

「えっ？　それって」

ここまで話されたら、続く言葉は予想できる。

「君をその席に推薦《すいせん》したいと考えている。どうだろうか？」

「え、ええっ⁉　でも、普通はその補佐官が引き継ぐはずなのでは？」

私が慌ててそう口にすると、ギルド支部長は頷きつつ言う。

「そうなのだが、補佐官もやはり年齢を理由に、すぐに引退しようとしているらしい。もちろん業務《ぎょうむ》の引き継ぎはするようだが、あくまで期限つきのサポートであり、有望な人材にあとを託《たく》したいとのことだ」

冒険者ギルドでは、基本的に実力主義を採っている。ギルド支部長になれるというのは、私の年齢とキャリアを考えれば出世である。

この話が本当であるのならば、引き受けるのが普通なのだろうが……

「でも、今のパーティが」

ギルド支部長になれば、よほどのことがない限りその場所を離れられなくなる。パーティに所属したままでいるのは無理だろう。

リーダーになんて言うべきか。

「そのことは十分理解している。だがな、君以外に候補者《こうほしゃ》がこの町にはいないのだ。他の町からも候補者が数人選出されているのだが……」

「……すみませんが」

少し考えさせてほしい、とお願いする。

「できるだけ急いだほうがいい。他にも候補者は多いからね」

そうして私は部屋を出た。


「あ～ん、どうしようか」

一瞬、担《かつ》がれているのかと疑《うたが》ってしまったが、やはりこの話は嘘《うそ》ではないだろう。でなければ、ギルド支部長は私だけを呼び出したりなどしないはずだ。

「とりあえず、リーダーに話を聞こうかなぁ」

私はパーティメンバーがいる宿屋に行くことにした。

「あの……リーダー……」

「なんだい、えらく気弱《きよわ》じゃないか」

何とかリーダーと二人きりの状況を見つけたが、どこか気まずい雰囲気《ふんいき》がある。

どう言い出そうか。

「その様子じゃ、重要な話だったんだろ？」

「ええ」

私は、ギルド支部長と交わした会話の内容をリーダーに伝えた。

「おいおい、そりゃ出世じゃねぇか。この上なく良い話だぜ」

早く受けると返事しろ、そうリーダーに言われるも私は悩んでいた。

「でも、私がパーティを抜けると戦力が下がりますし、パーティの順位だって下がるかもしれませんし」

私は平凡な魔術師に過ぎないが、それでも結構強い術を多く使える。他のメンバーも歴《れき》戦《せん》の猛者《もさ》で構成されており、隙《すき》らしい隙などない。

私が抜けたあと、パーティに誰を入れるのか心配なのだ。

私が悩んでいると、リーダーが力強く言う。

「受けるんだ」

「でも」

「俺らのことなら心配するな」

「ですが」

「いいか？　お前くらいの年でギルド支部長の席が回ってくるなんて、普通じゃ考えられない。それだけお前の才能が買われているんだ」

「……」

「俺も思うところはある。あるが、お前さんは着実に結果を出してきた。それが今、実を結《むす》ぼうとしてるんだ」

これ以上良い話などない。メンバーのことは何とかするから、すぐに答えを出せと。

しばし沈黙《ちんもく》して考える。

「決意しました」

――この話を受けると。

リーダーは笑みを浮かべて口を開く。

「よし、決まったな！　実はもうすぐヒュドラ討伐の募集《ぼしゅう》が出されると聞いている。それをギルド支部長へ手土産《てみやげ》として持っていけば、他の連中も黙るしかないだろうさ」

ヒュドラは古来大物の討伐対象とされており、数組のパーティで挑《いど》むのが定番だ。ちょっと心配になったので、私は尋ねる。

「他は誰が」

「目ぼしいのは出払っているから戦力としては厳《きび》しいな。ああ、そうだ。外部から勇者のパーティが来るらしいぞ」

「勇者」という名前や評判はともかく――

あまり期待できなさそうだと感じた。馬鹿な貴族の子供などが、勝手に勇者を名乗っているだけだとか、私もそういう連中を結構知っているのだ。

×　×　×

その後、噂通りヒュドラ討伐の依頼が出される。

参加したのは四組であった。

まず、それぞれ挨拶《あいさつ》することになったのだが……

「俺は剛剣の勇者ベルファスト様だ！　俺らにかかれば、ヒュドラなぞ大した敵ではない！」

なるほど、期待できる奴らではないことは確かなようだ。

ベルファストは馬鹿みたいにピカピカした装備を着込んでおり、眩《まぶ》しすぎて気味が悪かった。

他の連中も無駄に輝く装備でゴテゴテである。舞踏会《ぶとうかい》に出たり王様に謁見《えっけん》したりするつもりなのだろうか。

だが、一人だけ雰囲気の違う者が交じっていた。

この大陸において黒髪黒目は珍《めずら》しく、その人物がまとう装備は使い込まれていた。明らかに他の勇者どもと異なる。

私は勇者の一人に尋ねる。

「あの方は？」

「あいつはユウキ。他の世界から呼ばれたはみ出し者さ。解体作業とか料理とかしかできないゴミだよ」

その返答を聞いて私は、逆に勇者のパーティに少しだけ興味を持った。

こいつらは解体の重要さを理解していないが、モンスターの討伐はモンスター自体を倒すことよりも、その後の作業に手間がかかるのだ。素材を切り出すときにナイフの入れ方を失敗すると、素材は台無しになってしまう。

素人と熟練者の手掛けた解体では、ただのウルフの素材でも値段が大きく異なる。モンスターしだいでは桁《けた》が一つ違うことも珍しくない。

私たちのパーティでは全員がそこそこの解体技術を持っているが、解体専門の者さえ確保していた。

（このユウキという人物は、どれぐらいの技術を持っているのだろうか？）

私以外も、ユウキに注目しているようだった。

複数のパーティで行動する際、最初にするのはアイテムのチェックだ。

ヒュドラの毒は強力なので、専用の解毒薬がないと生存率が低くなる。なので今回は、これを所持《しょじ》しているかを先に確認しておく必要があった。

「こっちは用意できなかった」

「こちらもだ」

他のパーティも持っていないようだったが、私たちも同じだ。

治癒《ちゆ》魔術を使うと魔力の消耗《しょうもう》が激《はげ》しく回復に時間がかかる。高額であるものの、持っていて損はないアイテムだったのだが。

「そんな保険など無用だ！　さっさと狩りに行こうぜ」

空気の読めない勇者たちが叫び出す。

こいつら、この話の重要性を理解しているのか？　死人が出てもおかしくない相手なのだぞ。

結局、勇者のパーティのアイテムチェックはできなかった。


そのまま出発することになった。

そうしてしばらく歩いていくと、ボアが二頭向かってきた。この人数ならば仕留めるのは容易《たやす》いはずなのだが……

「ダラララ～！」

ここで勇者組が、周囲のことをまるで考えない攻撃を繰《く》り出した。

（この馬鹿どもが⁉）

盾役はひたすら意味のないガード。剣の攻撃は周囲の味方まで巻き込む。魔術師はへぼっちぃ魔術を連発している。

予定よりも大幅に時間がかかって、何とか倒した。

だが、彼らはこっちに向かって――

「サポートできないゴミ」

「無駄な連中ばかり」

あろうことか、暴言を言ってきたのだ。

私は怒りが爆発しそうになる。

「申し訳ない」

対して頭を下げたのは、ユウキだった。

そんなユウキに、勇者のパーティの怒号《どごう》が飛ぶ。

「おい、ユウキ！　さっさと獲物を解体しろ！」

「承知《しょうち》した」

私はユウキ以外の勇者たちに憤《いきどお》りを抱きながらも、ユウキの解体の手際《てぎわ》を見ることにした。

勇者どもが勝手に休憩するのを横目に、ユウキは解体に取りかかる。

その手際はすごかった。

（……うそ）

獲物の解体はなまぐさく周囲を汚すものだが、ユウキの解体は違った。

三本の木を組み合わせたようなものやら何やらを出すと、たった一人で二百キロはあるボアを吊るし上げてしまう。

そして、その下に大きな穴を掘り、解体作業を一人で始めた。

(恐ろしく早いうえに、まったく無駄がない)

大量の血と内臓を穴に落とすと、水を注いで血を流す。それからナイフを手足の先の各所に入れ、筋に沿って皮を剥いでいった。

その早業《はやわざ》は、今まで見たことがあった解体とは完全に違っていた。

素早く皮を剥ぎ、毛のほうを下にして、肉を切り分け始める。脂身など不必要な部分を取り除《のぞ》いて、食べられる部分だけをすぐさま取り出す。

「……き、綺麗」

見ていた全員から、ため息が漏《も》れる。私も解体作業の現場はよく見るが、大抵は汚れてしまうし、ここまで効率的にできない。

ユウキの解体には、いっさいの淀《よど》みがなかった。

あっという間に一体目の解体作業が終わる。

「おせぇよ！　もっと早くザクザク切り裂きな！」

様子を見に来た勇者の一人がユウキを叱責《しっせき》する。

ユウキがどれだけすごいことをしているのか、こいつらが理解するのは不可能だろうな。

二体の解体を終え、分配することになったのだが……

「こっちの取り分は六割だな」

こいつらの発言は、私の感情を逆《さか》なでしかしない。

普通、解体をやった者に二割が妥当《だとう》だ。ユウキが所属するパーティとはいえ、六割の取り分は過剰《かじょう》だ。さらにこの六割も自分たちのものにして、ユウキには相場の二割も渡さないつもりだろう。

私は、こいつらの頭をどつき回したくなってきた。

こいつらは話し合う必要がないほどだめだ。たぶんヒュドラ戦ではパーティの連携《れんけい》を大きく乱す要因になるだろう。

何でこいつらにユウキが付き合っているのかを、しっかりと聞いておく必要があるな。


「ユウキ、ちょっと」

「何か用」

勇者たちが休んでいるのを見計《みはか》らい、ユウキを呼び出すことにした。他のパーティのリーダーも呼んである。

「何であなたのようなできた人が、あんな馬鹿どもの面倒を見ているのですか？」

時間がないので、直球な言葉で切り出してみた。

すると、ユウキはゆっくりと話し出す。

「そうですね……身寄りもおらず、信頼できる人もいない世界に連れてこられ、従《したが》うほかなかったのです」

訳がわからなかった。

その後、ユウキは丁寧《ていねい》に説明してくれたが、やはりよくわからない話だった。

「つまり、ここことはまったく違う世界から来た……のですか？」

話としては面白《おもしろ》いかもしれないが、本当だとしたらどれほど恐ろしいことかと思う。

「……それで、あの馬鹿どもを勇者に仕立て上げろと命令されたわけですか。そうしなければ、奴隷落《どれいお》ちか薬物漬けか」

その二択を、貴族から迫られたという。

なんて最悪な話だ。

「そんな貧乏クジを、たった一人で背負《せお》ったんですか？」

私がそう尋ねると、ユウキは小さく頷いた。

ユウキによると、勇者のパーティを自分から抜け出すと逃亡罪になるようだ。

しかし、向こうから追い出されれば罪にならないらしい。そうすれば、奴隷落ちか薬物漬けという罰からも逃れられる。

「ともかく、めちゃくちゃな話ですね」

ユウキに同情していると、彼は懐《ふところ》から何かを取り出した。

「……これを」

それは、解毒剤だった。

だが、色が普通のとは違う。

「ヒュドラの毒に効果のある解毒剤です。それほど用意はできませんでしたが」

瓶《びん》には生産者の名前が書いてあった。

「リュミーヌ商会から？」

驚いた。薬の生産者として名高い商会産である。

ユウキには独自《どくじ》のツテがあるようだ。

「僕のパーティはきっと役に立ちませんから」

「……ありがとう、ございます」

これで生存確率は大幅に上がった。

解毒薬に書いてある札《ふだ》は偽造ができないので、間違いなく本物だ。合計で八本もらった。

他のパーティに二本ずつ配《くば》っておく。

「死者が出ないことを望みます」

ユウキがそう口にして、馬鹿勇者のもとに戻っていった。

ユウキは早速、勇者たちに世話を焼いていた。あの若さと能力で、あそこまで酷い待遇《たいぐう》に甘んじるとは。

能力の低い馬鹿にこき使われる優秀な人物——それは、見ているだけで気分が悪かった。

この場であいつらを消したいと思ったほどだ。

パーティメンバーの一人が、私に耳打ちしてくる。

「……どうしますか？　放置できないと思いますが」

「かなり酷い話だな。ギルド支部長に報告しておこう」

あの勇者たちとは今回限りにしたいと思う。だが、ユウキは何とかして解放してあげたい。

勇者のパーティのベルファストが、突然大声を上げる。

「ククク！　ヒュドラを倒せば、我々の名は飛躍的《ひやくてき》に高まるだろう！　そう、これは伝説の始まりなのだ！」

己の実力を見誤《みあやま》った、馬鹿な発言である。

彼は分不相応《ぶんふそうおう》な望みでいっぱいのようだ。

その一方で、ユウキは忙《せわ》しなく働いていた。

今やっているのは、討伐の前の腹ごしらえの準備だ。

ユウキが作ってくれたのは、前に手に入れたボアの肉を使ったシチューだった。こんな場所で、これほどの料理を作るのは大変だっただろうに。

すると、ベルファストが威張《いば》り散《ち》らす。

「フン！　せっかく料理を配ってやったんだからな！」

最低でも壁《かべ》となれ！　ということらしい。

もう全員黙るしかない。

今回の依頼が片付いたら、こいつらは何とかしよう。

ユウキを彼らから解放してあげるのだ。

×　×　×

そして、森の中で目的の相手を見つけた。

ヒュドラである。

「狩りだ、狩りだ！　ヒャッハー！」

勇者たちが、巨大なヒュドラに向かって突撃していく。

その光景を見た全員が――

（ここで皆殺しにされてくれ！）

そう思ったに違いない。

あんなのと一緒に攻《せ》めては、無駄に攻撃を食《く》らってしまうだろう。

私たちは、回復術師を後方に待機させて包囲陣形《じんけい》を取った。勇者のパーティの攻勢に加わらなかったユウキが我々の仲間に加わる。

ヒュドラは、九本の首をすべて落とさなくては死なない。

長期戦を覚悟しなくてはならないだろう。

先に攻めていった勇者組の能力はだいたい把握《はあく》していた。彼らの力量では、首一つでも獲《と》れれば良いほうかもしれないな。

むしろ、先に敗走《はいそう》してくれたほうが楽か。

どちらにせよ、勇者たちが戦線を離脱《りだつ》するのに時間はかからないだろうと考え、私たちがわざとゆっくりと動き出していたところ――

「この化け物が！　撤退《てったい》、撤退だ！　これは未来への架《か》け橋となる！」

勇者組が簡単に音《ね》を上げて逃げ始めた。

これで解毒薬は節約できたが……さすがに早すぎだろ。

「ユウキ！　あと始末はしっかりしておけ！　いいか、我らが誰よりも勇敢《ゆうかん》に戦ったという証拠を持って帰ってこい！」

なんという自分勝手な指示なのだろうか。

ヒュドラは我々の近くまでやって来た。

だが、それでもユウキは引かない。ヒュドラを前にすれば動けなくなるのが普通だが、すごい根性《こんじょう》である。

それぞれのリーダーが指示する。

「各自、行動を開始！」

「盾持ちが動きを止めて、他は攻め立てろ！」

「毒の牙には細心の注意を払え！」

ユウキはヒュドラの周囲を回りながら、その注意を自分のほうへ誘導していた。そうして攻撃の隙を生み出し、味方が不利になるとすぐさま割って入る。

ギリギリのところでヒュドラの攻撃を避《さ》けているが、かなり危険な立ち回りだった。

「シャアァァー！」

九本の首の攻撃をかいくぐり、ユウキが作ってくれた一瞬の隙を利用して、仲間の一人が一本目の首を落とした。

尾による攻撃がさらに激しくなり、仲間たちが負傷していく。すぐに治癒術師組が回復を行うが、人数が多いため消耗が速い。

「シャアァァー！」

「危《あぶ》ない！」

仲間の一人が、ヒュドラの毒牙に襲われそうになる。

だが、何者か止めに入った。

ユウキだ。彼はヒュドラの脇《わき》から割って入り、味方を突き飛ばした。

「すまん」

飛ばされた味方は毒牙を免《まぬが》れたが——それはユウキに襲いかかる。

「なんの！」

もうだめかと思ったが、ユウキは俊敏《しゅんびん》に動いて寸前で回避《かいひ》した。その瞬間、ヒュドラに隙が生まれる。

私たち魔術師組の出番だ。

「ファイアボール」

威力《いりょく》の高い火属性の魔術を立て続けに連発する。

長期戦は不利だと判断し、このタイミングに懸《か》けた。魔術師組は全員、使用できる攻撃魔術の回数をここで一気に使いきる。

それによって、ヒュドラの首五本を焼き切った。

残りは三本。

「バフゥー！」

「ヤバイ、毒の息を吐くぞ！　各自、回避行動に移れ！」

全員が危険を察知して逃げていくが、前衛《ぜんえい》組数人が遅れてしまう。

「クッ！　間に合え！」

ユウキは前衛にいた者たちを突き飛ばして、ヒュドラの息が届く範囲から逃がす。だが、それでも間に合わない。

紫色の息が襲いかかる。

「ガホッガホッ！」

毒の息を食らったのは、ユウキを含めて三人。

「戦士組、毒を食らった味方を救出しろ！」

すぐさま救出作業に入るが――

だが、ヒュドラが暴《あば》れ始め、近寄ることさえできない。

「グウッ！」

ユウキは体を無理やり起こして、二人の味方を担ぐ。そうして攻撃範囲から脱出した。

なんという生命力であろうか。

「解毒薬持ちはすぐに回復を！　こちらは攻め立てる！」

リーダーらも前に出て攻撃に加わる。

私たちは、事前にもらっていた解毒薬をユウキと仲間らに飲ませた。

解毒薬の効果は高く、二人の症状《しょうじょう》はすぐに治《なお》った。だが、無理やり体を動かしたためか、ユウキの回復だけが遅い。

「回復はどうだ⁉」

「二人は回復しましたが、ユウキは快癒《かいゆ》しません！」

「くっ！」

さらに一本首を落とした。

何とか七本まで落としたが、状況は依然《いぜん》としてまずいままだ。撤退も視野として入れていたので、退くべきかもしれない、全員がそう思っていた。

そのとき――

「こんな所で死ねない」

「ユウキ！　体を動かしてはだめです！」

まだ毒が残っているにもかかわらず、ユウキは立ち上がる。

「死ねるかぁ～！」

ユウキは落ちていた剣を拾って二刀流となり、瞬時にヒュドラに接近。八本目の首を一撃で落とした。

首は残り一本。

だが、その最後の首が抵抗し、ユウキに噛みついた。

「――」

ユウキは言葉にできない声を上げて、噛みつかれたまま最後の首へ剣を振り下ろした。

ヒュドラのすべての首が斬《き》り落とされた。

それと同時に、ユウキは膝《ひざ》から崩《くず》れ落ちる。

「しっかり！　しっかりしてください！」

私を含めて仲間全員が駆け寄って、ユウキの状態を見る。

顔色が悪い。

「いかん！　毒だけではなく体力も限界だ！　彼の回復を急げ！」

全員あと数回しか魔術は使えず、回復ポーションも足りない。

だがそれでも、何もしないで後悔はしたくなかった。

×　×　×

「――あ」

意識が朦朧《もうろう》としている。

そうだ。僕、ユウキはヒュドラに突撃して、最後の首を落として――

「死んだのか？」

すると、どこからともなく、温かみのある声が聞こえてくる。

「いいえ、生きていますよ」

「う……ここは？」

「リーダー！　ユウキが目を覚《さ》ましました！」

僕の目の前には、ともに戦った仲間たちがいた。

「おおっ！ よく回復した。よほど体を鍛《きた》えているのだな」

僕は、声をかけてきたパーティのリーダーらしき人物に尋ねる。

「ここはどこですか？」

「ヒュドラを倒した場所より少し離れた所だ。ヒュドラの死体からは微弱《びじゃく》だが毒が発生するからな」

「倒せ……たんだ」

「あぁ、君のおかげだ」

どうやらここは夢の中でなければ、死後の世界でもないようだ。ただし、まだ意識がはっきりせず、体の自由は利かない。

「今は体を動かさないほうがいい。ヒュドラの解体はこちらで行う」

僕は言われた通り、解体を任せて休むことにした。

それから三時間後。

「リーダー、ヒュドラの解体が終わりました」

「わかった。これで討伐依頼は完了だ」

パーティのリーダーが労《ねぎら》いの言葉をみんなにかける。あとは、ヒュドラを倒したという証拠をギルドに持っていくだけだ。

僕は、仲間の一人に肩を支えられながら歩いていく。

そこへ、勇者たちがやって来た。

ベルファストが僕に向かって、嘲《あざけ》るように言う。

「なんでお前が生きてるんだ？　死んだと思っていたけどな」

逃げ出した勇者たちは、僕を見てニヤニヤしていた。どうやら彼らは、おこぼれをもらおうと待っていたようだ。

「いずれにせよ、ヒュドラを討伐できたようだな。我らの活躍があればこそだ」

そうしてベルファストは、素材を分配しろと要求してきた。あまりの図々《ずうずう》しさに、各パーティのメンバーが小声で怒りをぶつけ合う。

「リーダー、もうこいつら斬っていいですか？」

「ユウキがどう行動したか、見てなかったのか！」

「ゴミクズどもが！　好き勝手言うのもいい加減にしろ！」

彼らからは殺意さえ出ていた。

それに気づかない勇者たちは、未だに自分たちが一番貢献したかのように振る舞っている。

「好き勝手に動き回って、挙げ句の果てに逃亡。そして、戦闘が終わったら戻ってきて、おこぼれを狙う。お前らは冒険者じゃねぇ！　卑怯者《ひきょうもの》だ！」

メンバーの一人は、この場で彼らに斬りかかりそうな勢いだった。

そこへ、僕は小声でお願いする。

「待ってくれ」

パーティのリーダーがため息をつくと僕に言う。

「お前さんが、なぜそこまであいつらを守ろうとしているのか、わからない。あいつらは越《こ》えてはいけない一線を越えたんだ。周囲に人気《ひとけ》はない。消されたって文句は出ないだろう」

もはや斬るべきだと、彼は主張していた。

それでも僕は、見放すのはもう少し待ってほしいと頼む。どんな理由であれ、僕は彼らを支えなくてはいけないのだ。

「そこまで言うなら。だが、条件がある」

「条件？」

「冒険者ギルドでは、規則違反《いはん》を犯《おか》した者に罰を与える。それにあたり、ギルドだけに伝わる秘術で記憶を見るのだ。こいつらは放っておくとまた悪さをして、余計な犠牲者《ぎせいしゃ》を出すだろう。こいつらの記憶を見て、公平な裁《さば》きを仰《あお》ぐのさ」

この世界には魔術があるので不思議な現象にも慣れていたが、そんなものまであるとは驚きだった。

「それで我慢《がまん》してくれ」

リーダーは本気で申し訳なく思ってくれているようだった。

「わかりました」

そうして町まで何とか帰る。僕の動きが鈍《にぶ》いのを見ているにもかかわらず、勇者たちは素材を運べと命令してきた。

だが、僕の代わりにともに戦った仲間が働いてくれたので難《なん》を逃れることができた。


体調が戻ってから、冒険者ギルド支部長から呼び出される。

部屋に入ると、すぐに椅子《いす》に座らせられた。目の前にはギルド支部長の男性がおり、その隣には女性がいる。

「ユウキ……君と言いましたね。私がここで支部長をしている者です」

「初めまして」

「さっそく本題に入りましょう。ヒュドラ討伐を成功させ、数多くの仲間を救ってくれたと聞いています。一個人としても、ギルドとしても、君には感謝しかありません」

「僕は僕の仕事をしただけです」

「君は謙遜《けんそん》がすぎますね。それはそれで良いことですが、付き合う相手は選んだほうがよろしい。君の活躍はヒュドラ討伐に留《とど》まらず、モンスターの解体に、料理に、解毒ポーションの配布に、多岐に及《およ》びます。いくら報酬を出せばいいのかわかりません」

「すみませんが、それほど多くは受け取れません」

「無理強《じ》いはしませんよ。ところで話は変わりますが、君はかなりの重荷を背負わされているのだとか。もし良ければ、そのことについてお話ししていただけませんか？」

僕は迷ったものの、今まで勇者のパーティから受けてきた扱《あつか》いをすべて話すことにした。

こういう形とはいえ、誰かに打ち明けると結構楽になる。

「……恐ろしく酷い待遇ですね。まるで昔の奴隷のようです」

まぁそんな表現にもなるよな。

ちなみにこの世界では、奴隷制度は完全に廃止《はいし》されている。人権もあるし、生活も最低限保障されていた。

「すでに勇者たちの記憶を見させてもらっていますが、確信を得たいので君の記憶も見させてもらいますよ」

すると、側《そば》にいた女性が近づいてくる。

「何も考えず、目を閉じて、呼吸を整《ととの》えてください」

そうして数分待つ。

「はい、もう終わりました」

早いなぁ。やっぱり魔術はすごいと感心してしまう。

僕はギルド支部長に尋ねる。

「どうでしたか？」

「だいぶ時間が経《た》っているので薄れていますが、君をここまで追いやったのは、王族や大貴族で間違いないでしょう。話で聞いていた以上に悪い奴らのようです」

このぶんでは僕以外にも犠牲者がいるだろうと指摘される。

さらにギルド支部長は続ける。

「どうやら勇者という肩書きを盾に、彼らは酷い振る舞いをしてきたようですね。その証拠を手に入れた以上、君も待つ必要はありません」

「待つ？　えっ？」

どういうことだろうか。

僕が考え込んでいると、ギルド支部長が告げる。

「君は、パーティから逃げれば重罪を受けるという契約になっているようですね。だけど、追い出された場合は罪に問われない。そうですね？」

「……はい」

「あの馬鹿勇者たちが、なぜいつも状態の良い素材を持ってくるのか、君の存在によって理解できました。生産者にも話を聞きましたが、君の評判はとても良いようですね。もうこれ以上、君に不当な扱いをさせられません。冒険者ギルドの評判が地に落ちますから」

僕は、ギルド支部長の意図を掴《つか》めずにいた。

困惑して返答に困っていると、彼は軽く笑って言う。

「とりあえず様子を見つつ、君が早く解放されるように、冒険者ギルドもできることをしましょう。追い出されたときは冒険者ギルドに真っ先に来てください。それと、殺されそうになったときもです」

僕はふと心配になって尋ねる。

「それで、あいつらはどうなるのですか？」

「君がいなくなれば強制的に順位は下げられ、依頼も制限されるようになる。それさえも無視するようなら、これです」

そう言ってギルド支部長は首を掻《か》き切る動作をした。

つまり、死刑ということらしい。

「まぁ、現在では死刑は禁止されていますが、それに近い報《むく》いを受けてもらいましょう」

ギルド支部長は笑みを浮かべた。

「とりあえず、隠密《おんみつ》を数名つけて援護《えんご》します。彼らが好き勝手に動けば動くほど、彼らの罪は重くなるのですよ」

彼らには破滅《はめつ》のレールが敷《し》かれるとのことだった。

×　×　×

ヒュドラを討伐したパーティ四組で、素材をギルドに売却《ばいきゃく》して得た利益を分配することになったのだが――

「な、これだけ？　たったこれだけだと⁉　何かの間違いだ！」

勇者パーティのリーダー、ベルファストが声を荒らげる。

「オイ！　ヒュドラの素材だぞ、いくらなんでもこの金額は安すぎる！」

「「「……」」」

他三組のリーダーは何も言わずにいた。

ベルファストはさらに大声を上げる。

「討伐では俺らが重要な役目を果たした。となれば、俺らが一番多くもらって当然だ。それなのにどうしてこの金額なんだ！」

確かに、パーティとしての功績《こうせき》は一番大きかった。

ただしそれは、ユウキ一人によってもたらされたもの。ユウキを不当に扱っていた彼らに、報酬を受け取る権利はなかった。

そのため、各リーダーはユウキの貢献度を外《はず》し、彼らの金額を計算したのだ。

「なぁ、おい、説明しろよ！　俺らは凄腕《すごうで》の勇者パーティだぞ？　それなのに、舐《な》めてんのか！」

ベルファストの言動はチンピラ同然だった。

こんなのが同じ冒険者と思うと――リーダーたちは頭を抱《かか》えた。リーダーの一人が呆れながら言う。

「働きの内訳は渡したはず」

「あんな意味不明な紙切れ、何になるんだ？」

そこには、ギルドが審査《しんさ》した各パーティの働き具合、素材の売却益が詳細に書かれていたのだが……

勇者たちは、冒険者に必須《ひっす》の文字の読み書きや数字の計算すらできないらしい。いや、そもそも読むつもりさえないのだろう。

「紙切れなんて無意味だ。さっさと金出せよ」

もはや恐喝《きょうかつ》だった。

「では、これで終わりだ。じゃあな」

三人のリーダーは、勇者とは話し合う意味がないと判断し、椅子から立ち上がり出ていった。

「お、おい。待てよ」

焦ったベルファストが彼らを追いかける。

そして今度は、媚《こ》びるように下手《したて》に出始めた。

「す、すまねぇ。乱暴なことを言っちまったのは、まだヒュドラとの戦いの興奮《こうふん》が冷めてなくてなぁ。へへへっ、このくらい許してくれよ」

ベルファストは下卑《げび》た人間の顔をしている。

「残しておいたユウキは、お前らの壁代わりにはなったんだろ？　その分の報酬をくれよ」

だが、その言葉は誰にも届かなかった。

邪魔者を振り払うようにして、三人は去っていく。ベルファストはその背を眺《なが》めながら舌打ちする。

「ちっ。次のカモを探さないとな。狙いは新人や駆け出し冒険者か。勇者という名をちらつかせればすぐに食えるしな」

リーダーらが去ったあと、ベルファストは小さな声でそう呟《つぶや》くのだった。

×　×　×

「どうでしたか？」

ギルド支部長が、リーダーたちに尋ねる。

リーダーらはギルド支部長の部屋に呼ばれていた。勇者たちがどう対応してきたか聞くため、ギルド支部長が呼んだのだ。

「馬鹿勇者どもは、冒険者を利用しているだけのクズです」

リーダーたちの意見は一致《いっち》していた。

「そうですか。こちらでも調《しら》べましたが、彼らの悪評は酷いものでした。乱暴・暴言をはじめ、度《ど》しがたい行動ばかり。他のギルド支部にも通達しなくてはいけませんね」

こうして、新人や駆け出し冒険者を勇者パーティに近づかせることが禁止され、彼ら以外にも「勇者」を名乗る冒険者の調査を始めることになった。

悪《あ》しき勇者は、彼らだけとは限らないのだ。

一方で、ユウキを秘密裏《ひみつり》に支援《しえん》することになる。

王族・貴族の関係者であろうと、大陸中で影響力を持つ冒険者ギルドと対立するならば、痛《いた》い目を見てもらわなければならない。

そのことが明確に示されたのだった。

×　×　×

「ギルド支部長、私はどうなるのでしょうか？」

同席していた私、リリエットはギルド支部長に尋ねる。

ギルド支部長が答える。

「ヒュドラを討伐した一員だ。そう書いてギルド支部長の席へ推薦しよう。この地図に書かれている場所へすぐに行きなさい」

候補者を一箇所に集め、そこでギルド支部長が直々《じきじき》に審査するという。

候補者は多く集まっているが、ヒュドラのような大物の討伐実績《じっせき》を持つ者はいない。ギルド支部長は、「決まったも同然だ」と笑顔だった。

「あなたの今後の活躍を期待しています」

「ありがとうございます」

私の目には、嬉《うれ》しさでじんわりと涙が浮かんだ。ただし、気がかりなことがあった。

「……あの、ユウキはどうなるのでしょうか？」

ヒュドラ戦において最も危険な役目を担《にな》い、誰よりも多くの命を救い、誰よりも多くの致命傷《ちめいしょう》を与えたユウキ。勇者パーティに囚《とら》われていた彼の行く末が心配だった。

「それなら安心なさい。できる限り早く解放されるように援助《えんじょ》しますから」

そう言うと、ギルド支部長は顔を引き締《し》めた。

「あなたは今後、ギルドの支部のトップに立つことになります。そうなれば、常に公平でいなければなりません。彼に対しても、勇者たちに対しても」

でも、目に見えないところで手助けするのならば……そのくらいの恩返しは人として当然であるとも付け加えた。

「今は自分の立場を理解し、足場を固めることです」

「はい！」

私は仲間らに見送られ、指定の場所へ向かった。

町に着いてすぐに服装を整え、冒険者ギルドへ行く。

すでに、老齢《ろうれい》のギルド支部長、補佐官、他の候補者が待っていた。どうやら私が最後だったようだ。

ギルド支部長になれるのは、一つの町に一人だけ。

普通、補佐官が引き継ぐが、今回のように候補者を集め、元ギルド支部長直々に審査を行うことも少なくない。

なお、支部長には様々な能力が必要となる。職員をまとめる指揮《しき》能力、組織を動かす政治力、冒険者を見極《みきわ》める鑑定眼《かんていがん》など。候補者はそれだけの能力を持ち、ここに集まっているのだ。

私が推薦書を手渡すと、ギルド支部長はそれを見て目を細める。

「ほう、たった四組のパーティでヒュドラを討伐したのか。近年稀《まれ》に見る実績だ」

ギルド支部長の言葉に、候補者たちが息を呑《の》む。

「討伐したのはここに来る直前か。それならば、あの町のギルド支部長が『決断を待ってほしい』と頼んできたのも頷ける」

ギルド支部長は補佐官のほうに顔を向ける。

「どう思うか?」

「他の候補者も、実績・能力・人格すべて問題はありません。彼女が来る前は、誰にするか悩んでおりましたが……ヒュドラ討伐は頭一つ抜けた実績でしょう」

「わかった」

ギルド支部長は深く頷く。

これで決定だと。

「この町のギルド支部長は、リリエットとする。皆、リリエット新ギルド支部長を、補佐するように!」

こうして、私はギルド支部長の席に座ることになった。


だが、そこからが大変だった。

何しろ、私くらいの年齢で支部長になるなど異例なのだから。

町の有力者との付き合い、仕事の引き継ぎ、大量の書類仕事、その合間《あいま》に、次々と依頼が入ってくる。

とにかく苦労の連続だったが、挫《くじ》けなかった。

つらいときの支えとなったのは、仲間との旅の思い出。そして、ユウキと過ごしたほんのわずかの時間だった。

危険を顧《かえり》みずにヒュドラに立ち向かったユウキのおかげで、私はここにいるのだ。

私は、ユウキが一刻も早く解放されることを祈っていた。

×　×　×

そして、ついにその日は訪れた。

勇者パーティが冒険者ギルドにやって来たのだ。だが、ユウキがいない。悪いふうにも考えたが、すぐに勇者たちから「追い出した」と聞かされる。

（ユウキが！　ユウキが、やっと解放された⁉　バンザーイ！）

私は、心の中で声を上げて喜んだ。

とはいえ職員の手前、表情を変えずに対応する。

職員からの話を聞きつつ、勇者パーティより持ち込まれた二つの素材を確認することになった。

一つは……相変《あいか》わらずの腕前だった。

いや以前よりも経験を積んで、数段磨《みが》きがかかっているようだ。その処理の見事さといったら……惚《ほ》れぼれする他なかった。

ただしもう一つは——

「何ですか、このゴミは？　これで同じ額で買い取れと？」

連れてきた職員に小声で聞くと、それは勇者たちで解体した残骸らしい。私はため息交じりに小声で毒づく。

「ユウキさえいなければ、お前らなどゴミだゴミ。やっと溝《みぞ》に落ちたな、馬鹿勇者どもめ。徹底的《てっていてき》に棒で叩かせてもらいますからね。即刻、汚物処理班に掃除《そうじ》させましょう」

勇者たちは知らないだろうが、その悪評は誰もが知るところとなっていた。町の有力者から、農民まで知られている。

私は、勇者たちに聞こえないように、小声で職員に尋ねる。

「……追い出された彼は今どこに？」

「……最新の情報では、他の町でパーティリーダーとなったと聞いています。そうして、着実に結果を出しているようです」

——良かった。

私は安堵《あんど》の息を吐く。

彼の能力は飛び抜けているから、順位もすぐに上がることだろう。

それはさておき、目の前の愚《おろ》か者どもについてだ。こいつらをどう処理するか、判断しなくてはならない。

しかし、以前にも増して酷くなっていた。

ユウキが優秀すぎたために、実力を勘違《かんちが》いしてしまったようだ。私のことなど忘れ、暴言まで吐いている。

私が素材の質について丁寧に説明すると、馬鹿勇者たち五人は怒って出ていった。

残ったのは三人である。

「あなたたちは？」

「えっと。募集を聞いて、臨時《りんじ》で入った者です」

何も知らないまま加入したらしい。

私は、すぐさま離脱するように伝える。

「戦闘能力はそこそこあるけど、中身は最低のクズよ。無駄死にしたくなければ、他のパーティに入ることをお勧《すす》めします」

「……でも」

一度限りで抜けるのは、気が引けるらしい。

その考えも理解できなくはないが、あいつらに関わるとろくなことがない。私は三人に、思い出したくもない過去を話す。

「……ヒュドラの討伐で、ギルド支部長らを見捨てて逃げた？」

「ええ。向こうはもう忘れているみたいだけど、私は忘れていないわ。あのときあの状況で身勝手に逃げ出した。しかも、おこぼれまで奪《うば》おうとしていたのよ」

「「「……」」」

「このまま付き合っていると、酷い死に方をしますよ」

三人はしばらく沈黙していたが、そのうちの一人が決心したように口を開く。

「わかりました。今ここで離脱します」

本来、諸々《もろもろ》の手続きが必要だが、今回のように臨時で入った場合はそうではない。事情さえあれば、即離脱できるのだ。

私は、これからどうすべきかと悩む三人に告げる。

「安心して。まだ駆け出しだけど、実力も中身も申し分のないパーティを紹介するわ」

笑顔になった三人を見送り、私は山のように積み上がった書類に目を通すのだった。


しばらくして、誰かが入ってくる。

「ちわっす。ギルド支部長」

「レックス、戻ってきていたのですか」

私がそう尋ねると、優男《やさおとこ》風の冒険者は軽く笑った。

彼は、私の補佐官だ。

見た目は軽薄《けいはく》そうだが、仕事への姿勢は誠実《せいじつ》で、人付き合いも悪くない。元々、彼はギルド支部長候補だったが――私に敗《やぶ》れてその下についた。

本人曰《いわ》く、「俺は、人前に出て指揮するタイプじゃねぇんだわ。裏方のほうが好きなんだよ」とのこと。

実際その言葉通り、彼は裏方に徹《てっ》している。

顔もいいが、口が上手く、人の心を読むのに長《た》けた彼には、交渉事や情報収集を任せていた。その彼が帰ってきたということは――何かしらの情報を持って帰ってきたのだろう。

レックスが口を開く。

「勇者と名乗るパーティを知ってますかい？」

「よく知っていますよ。殺意を抱くほどにね」

知っているどころか、ついさっきまでここにいた。まったく見当違いをしたままに帰っていったが。

私の言葉に、レックスは笑みを浮かべる。

「最近、いろんな場所で勇者を名乗るパーティが目撃されているんです。どうやら一つのパーティではなく、複数いるみたいで」

あれがすべてではないというわけか。確かに、勇者を自称することなど誰でもできる。

レックスは難《むずか》しい顔をしていた。

その勇者たちが何らかの問題を起こしているのだろう。あのような手合いが増えるとなると、頭を悩ませることだろうからな。

「何かあったのですか？」

「初めて勇者が現れたという話を聞いたとき、昔支部長らを見捨てたような、ただの馬鹿勇者だと思ったんですけど――背後を洗《あら》ったら随分《ずいぶん》ややこしいようで」

「ややこしいとは？」

「そいつら、王国が認める紋章《もんしょう》を持ってるらしいんです。貴族か騎士以外持てないというのに。偽造なんてことすりゃ罪になります。自分は国お抱えだと豪語《ごうご》して、見せびらかしてるそうなんですよ」

紋章の偽造の罪は重い。偽造でないとするならば――

「つまり、背後に誰か、大物がいると」

「そうでもなきゃ、そんな無謀《むぼう》なことをできる者はいません」

「確かにそうですね」

「噂なんで確信は持てませんが、積極的《せっきょくてき》に冒険者ギルドに接触《せっしょく》してきていることから察するに、冒険者ギルドの破壊、もしくは乗っ取りが狙いかと」

「……なるほど」

あまり良くない報告だった。

この国では、大きな変化が起きている。文化然《しか》り、法律然り、人権然りであるが、中でも一番大きいのが、王族・貴族の世襲制《せしゅうせい》の撤廃《てっぱい》だ。

かつて血縁《けつえん》を重視《じゅうし》しすぎたため、多くの国家が滅《ほろ》んできた。それを避けるため、公平な秩序《ちつじょ》を作ったのだ。

これにより、ごく一部の王族と貴族を除き、世襲は不可能となった。

当然のごとく反発が起きたが、民衆により押さえ込まれた。

現在では、生来の貴族は数えるほどしかいない。そんな状況だが、王族・貴族がその状況に甘んじているとも言えなかった。

水面下でうごめく彼らと勇者を関係づけると——一つの答えが浮かび上がってくる。

「つまり、彼らは旧時代の秩序の復活を考えていると」

「でしょうな」

だから「勇者」ということを強く強調しているのかもしれない。勇者は古き秩序を象徴《しょうちょう》するような称号とも言えるのだから。

先の馬鹿勇者を沈《しず》めるだけでは、問題の火種を消せそうにないようだ。

「他のギルド支部長らも、『扱うのが面倒な輩《やから》が増えている』と悩んでましたぜ。こっちは、常に優秀な人材が欲しいってのに」

「話はわかりました。とりあえずこのまま仕事を続けてください。その問題はこちらで預かりますから」

レックスが報告書を渡してくる。

さっそく読み始める。勇者は二十人近くも出てきていたようだ。大層な名前を名乗っているが、能力も人格も最悪極《きわ》まりなかった。

全員が「栄誉《えいよ》ある血を受け継いだ者」「歴史ある王国の遺児《いじ》」「偉大《いだい》な神から神託《しんたく》を受けた」とか、誇大妄想《こだいもうそう》もいい加減にしろ、と言いたくなる残念な謳《うた》い文句を掲《かか》げていた。

こういう連中は即座に握り潰《つぶ》されるはずなのだが――すべての冒険者ギルドが対応できるわけではない。すでに勇者の手に落ちた支部もあるらしい。

どういうわけかこういう連中は、叩いても叩いてもしぶといのだ。

先の勇者たちも、何度となく全滅しておかしくない場面があったにもかかわらず、生き延《の》びていた。

冒険者の運命は、偶然《ぐうぜん》の神と必然の神が決めると言われている。

それぞれの神がサイコロを持ち、冒険者の人生を左右するのだ。

この例えは冒険者のままならない運命を示したものであると言われているのだが、それにしてもあの連中は幸運の目を拾ってばかりいる。

だが、ユウキという幸運の目は、さいの目から消えた。

もうそれを馬鹿なことをしでかす勇者たちに拾わせる気はない。私たちの手でその目を大切に取り扱うことにしよう。

そうと決まれば、動かないといけない。

「レックス、追加の仕事です」

「何ですかい？」

「その勇者を名乗る連中の素性《すじょう》と背後関係を調べなさい」

「ってことは、潰すんですかい」

「一つのパーティだったら、火を消すのにさほど時間はかかりません。だが、予想より火の回りが早く広いみたいです。予算を出しますから、できる限り早く消火しなさい。合流されると面倒ですからね」

へいへいと、レックスは出ていった。

以前から練られていた計画を少し修正する必要がある。この機会に、冒険者ギルドの病巣《びょうそう》の排除《はいじょ》や掃除をすべきか。

冒険者ギルド内に不穏《ふおん》分子がいないわけではない。罪状《ざいじょう》がはっきりしている者もいれば、なかなか見せない者もいる。

そこで私は、以前から排除したいと考えていた連中を煽《あお》り、この馬鹿勇者たちと接触させようと考えた。

これほどわかりやすく扱いやすい者はおらず、類は友を呼ぶという言葉もある。

え？　悪巧《わるだく》みが嫌いなのではないのか？

あまり好ましい方法ではないが、こういう手合いがまともに言うことを聞かないのはどこも同じ。

彼らは腐った果実どころか、それを苗床《なえどこ》にして害虫まで生み出そうとする。

いくらでも罪状があり簡単に潰せそうだが、気を抜いてはいけない。あのぐらいの処置では間違いなく反発してくるでしょうから。

さて、彼らはどこまでしぶといのか、人生を懸けてもらおう。

神のサイコロはどんな目を出してくれるのか、見せてもらおうか。

第3章　ユウキの優れた能力

「チクショウ！　チクショウ！　チクショウ！　せっかく6位に上がり、5位も見えてきたってのに、ユウキを外しただけで8位にまで下げるなんて。無能なギルド支部長め、ただでは済まさんぞ」

ベルファストが声を荒らげる。

勇者のパーティは酒場に繰り出し、稼いだ金でひたすら飲み食いしていた。

稼いだ金といってもその大半は、ユウキの能力があればこそ。だが、愚かな彼らはそれをまったく理解していなかった。

ベルファストがふと気づいて尋ねる。

「ん？　臨時で誘った連中はどうした？」

「逃げ出したみたい」

カノンの返答にベルファストは顔を歪めたものの、嘲笑《ちょうしょう》するように言う。

「ハッ！　これだから脆弱《ぜいじゃく》な奴は困るんだよな。ついてくるなら面倒を見てやったのによ」

彼らの「面倒を見る」は「食い物にする」ことである。

そんな考えを持つ者についていける者などいるわけはない。しかし、ベルファストも仲間も他者を食い物にするのが当然だと思っていた。

「そうだ。我らは皆、栄誉ある一族の末裔《まつえい》であり、勇者だ。試練はあるだろうし、理解されないことも多い」

ベルファストがそう口にすると、ベルライト、カノン、ファラが声を上げる。

「そうに違いない。これは勝利と栄光の前の些細な出来事です。気にするだけ無駄です」

「順位が下がっただけじゃない。私たちならすぐに取り戻せるわ」

「そうよ。これも試練の一つよ。私たちを評価しない愚か者にはすぐに罰が下るわ」

彼らは未だに、自分らが優れた勇者だと思い込んでいた。

とはいえ、そんな仲間からの声で、ベルファストは奮《ふる》い立った。

そうだ、ほんの少し不幸だっただけ。こんなのはすぐに取り戻せる。ならば、まずはすべきは――装備の修理と回復用のポーションの購入である。

前の戦いで手持ちが不足しているのだから。

彼らは一軒《いっけん》の薬屋に入った。

「いらっしゃい」

「ポーションをよこせ。あるだけ全部だ」

いきなりベルファストに怒鳴りつけられ、店主は困惑する。

「……いや、いつも来ているユウキはどうしたんだ？」

「ああ、仲間に大迷惑をかけた最低のクズ野郎のことか。あいつならとっくに追い出した」

勇者たちは、ポーションを早く渡せと急《せ》かしたが――店主は彼らを見つめつつじっと考え込んでいた。

ベルファストが大声を出す。

「急いでるんだ。さっさと渡せ！」

「そうかいそうかい。ユウキがいないんだったら……」

店主はそう言って、紙に数字を書いた。

それを見た勇者たちは驚愕《きょうがく》する。

「なっ、十倍だと⁉　おい、俺らは勇者で構成されたパーティだぞ？　誰よりも活躍しているからこそ、ポーションをたくさん使うんだ」

すると、店主は言い返す。

「それがどうした？　多く使ってくれる者だけがお得意様じゃないぜ。こちらとてリスクを冒《おか》して、町の外に薬草の採取《さいしゅ》に行っているんだ。手間と人件費と危険を考えれば、この金額は妥当なんだよ。ああ、そうだ。値段は上げるが、個数は五分の一に減らさせてもらうよ。他にも購入者が多くてな」

とんでもない値上げをしてきた店主に、ベルファストは激昂する。

「こ、この！」

「剣を抜くのか？　抜けばすぐに警備《けいび》兵を呼ぶぞ。暗く狭《せま》い場所に押し込められ、厳しい尋問《じんもん》をされ、臭い飯を食うハメになるからな！」

店主に気圧《けお》され、ベルファストは抜きかけた剣を収める。

店主はさらに責《せ》め立てる。

「これでも以前からの購入者ってことで妥協《だきょう》してるんだ。それさえなきゃ売る理由なんてない。他に当てがあるならそっちに行くんだな」

「な、なんでこんなことをする？　今までと何が違うと言うんだ⁉」

ベルファストが弱々しくそう問うと、店主はキレて返答する。

「あぁん？　ユウキがいないからに決まってんだろ！　そんなこともわからないとは、聞いていた以上にクズだな。ユウキはいつも顔を出してくれ、小さな頼み事を快く聞いてくれたんだ。そんなユウキを、お前らは追い出したんだよな。お前らの噂は本当だったってことだ！」

「噂？　どんな噂だ？」

噂と聞いて、馬鹿なベルファストはさぞ良い噂だろうと思ったが――次の言葉を聞いて、啞然《あぜん》とすることになる。

「勇者とは名ばかりの、最低最悪の冒険者ってな！　もう知らない者はいないぜ。ハハハ！」

店主は大声で笑い出した。まるでいい気味だと言うように。

ベルファストに代わって、ベルライトが叫ぶ。

「ぶ、無礼《ぶれい》な！　なぜ我らがそんな呼ばれ方をしなければならない！」

「現にこうして、こちらの話を無視して脅《おど》してきてるじゃねぇか。そんなことをしてて評判が良くなるわけねーだろ！」

店主が言うように、確かに彼らは交渉せずに一方的によこせと強要していた。

今まで交渉事や人付き合いはユウキが行っていたので、勇者たちはそれが大事なことだと知らなかったのだ。

「他に言うことはあるか？」

冷たく追い返そうとする店主に、ベルファストは再び強気になって命令する。

「ふ、ふん！　単にユウキから我らに代わっただけだろう！　今までと同じ値段で同じ個数よこせ！」

「おいおい、あんたらとの交渉は初めてだぜ？　そんな連中の言うこと、聞けるわけないだろ。この店を潰してまで取り上げるか？　そんなことはできないはずだが？」

店主が強く責めると、さすがに勇者も怯《ひる》んでしまう。

「……もういい！　他に売ってくれる店などいくらでもあるわ！」

勇者たちは逃げるように出ていった。

その背中を見ながら、店主はため息交じりに言う。

「今までユウキはあんな馬鹿の面倒を見てたのかよ。どうりで各方面のお偉方《えらがた》が、ユウキがパーティから離脱したのを喜んでいるわけだ」

店主は、ユウキがどれだけ重荷を背負わされていたのか、改めて理解したのだった。

×　×　×

その後も、勇者たちは様々な店に行ったのだが、ことごとく同じ結果だった。

どこに行っても値段は引き上げられ、個数は減らされた。

それでも良心的なほうで、入ったとたんに追い払われることもあった。

勇者たちはひたすら町中を歩き回り、まともに取引してくれる店を探したが、一軒も見つからなかった。

結局、彼らは高い代金を払い、装備品を直し、ポーションをそろえたのだった。

「はい、これが報酬です」

僕、ユウキは、リフィーアと一緒に依頼をこなし続けていた。

受けた依頼は、害獣駆除や薬草採取ばかり。地味だが、手の抜けない仕事である。

動き回るネズミを何も考えず追いかけていたら、何日かかるかわからない。

薬草の採取だって簡単ではない。無理やり引きちぎっては見栄《みば》えが悪くなり、効果が落ちる。

利益を出すためには、相応のやり方があるのだ。

もちろん、楽ができるのならそうしたほうがいい。早く達成できるのであれば、早いほうがいいに決まってる。

つまりは、手抜きをするのではなく、抜くべき力を抜けということだ。そうして出た成果が——今、僕らの目の前にある大きく重い布袋である。

冒険者ギルドの受付が笑みを浮かべて言う。

「次回もよろしくお願いしますね」

「はい」

ずっしりと重い布袋を見て、リフィーアは目を輝かせていた。

「はぁ。短期間でこれだけ稼げるなんて」

彼女にとっては予想以上だったらしいな。仕事中は「手間がかかる」とぼやいていたが、

この結果には満足したようだ。

「さて、懐も温かくなったところで……」

「お腹《なか》いっぱい食べましょう！」

こらこら。その前に、必要な装備品をそろえないと。

今すぐにでも食堂に飛んでいきそうなリフィーアを引き止める。

「君の防具を買おう」

「え～っ」

「戦いでは、誰かがいつも守ってくれるわけじゃない。装備を調《ととの》えることは必要だ」

「でも神官ですよ、私」

「後衛《こうえい》職だからといって、攻撃が飛んでこないわけじゃないだろ？」

なので神官服の下に着る装備を買っておきたいと言うと、リフィーアはちょっと不満げに尋ねてくる。

「じゃあ、どんなのがいいんでしょうか？」

「その服の下となると限定される。君は移動速度も速くないし体力も普通だから、鎖帷子《くさりかたびら》とかお薦《すす》めかな」

「えー。あれ、ジャラジャラするんで嫌いなんですけれど……」

「じゃあ、ゴブリンとかに刺し殺されたい？　その巣で飼《か》われたい？」

あえていじわるなことを言ってみた。

すると、その光景を思い浮かべて寒気《さむけ》を覚えたのか、リフィーアは渋々《しぶしぶ》ながらも承諾《しょうだく》してくれた。

そんなわけで、二人で装備屋に行くことにした。

×××

私、リフィーアはあまり乗り気ではなかったのですが――

ユウキに連れられ、お店まで来ました。

「いらっしゃい」

店主は、いかにも武器や防具を扱っている店の主《あるじ》という体格の良い男性です。その彼が尋ねてきます。

「お求めの品はなんですかい?」

「こっちの彼女の防具を見つくろって。種類は鎖帷子」

「よろしくです!」

ユウキが答えるのに続いて、私もお願いしました。

すると、店主が尋ねてきます。

「どのくらいのサイズですかい？」

「防御面積が広いほうがいいけど、彼女は神官だからなあ。重くないのがいいかな」

しばらく待っていると、鎖帷子がいくつか出されました。

さっそく私は、実際に装備してみます。

「あ、これ、軽いですね」

「お目が高いねぇ。そいつは新作なんだよ」

「ふむ」

ユウキは、私が気に入った鎖帷子を細かく観察しています。よくわからないので待っていると、決まったようです。

「よし、これを買う！」

「まいどあり」

代金を払ったら――先ほどの袋から半分くらい消えてしまいました。

私は少し悲しくなって、小声で聞きます。

「……あの、ちょっと高くないですか？」

「でも、従来《じゅうらい》のものより軽くて丈夫《じょうぶ》なんだ。これは必要経費だよ。そもそも二人で稼いだ金なんだから、僕の装備だけそろえるわけにはいかないでしょ」

金は気にせず装備を調えるべき、とのことです。

しかし装備にお金を使っては食事が……

「……でも」

「これから長く付き合う装備だってのに、このくらいの出費で騒《さわ》ぐほうが良くない。安全を考えれば、お金は出して当然。死んだら金なんて何の意味もないんだから」

まぁ、それはそうなんでしょうけど、やっぱりお金がなくなるのは切《せつ》ないですね。

ちなみに、ユウキは狩弓と矢を多めに買っていました。

買った防具を着けて、そのまま店を出ます。

「鎖帷子は独特《どくとく》の金属臭があって嫌かもしれないけど、弓矢などで攻撃してくるモンスターは多いから、必ず君のためになるよ。臭いはすぐに気にならなくなるから」

「……ありがとうございます」

ユウキは自分のことだけではなく、仲間である私にもちゃんと気を配ってくれました。

何だか私は、この「仲間」という感覚がちょっと嬉しかったりします。

「それじゃ、お待ちかねの時間にしようか」

やった、ご飯だご飯だ！

生きているうえでこれほどの楽しみはないですよね。いつも多く食べてしまうけど、さらに少しだけ肉を多めに頼んで――

ふぅ、お腹いっぱいになりました。

で、私たちは宿屋で休むことにしました。

個室二部屋には泊まれないので、ユウキと相部屋になったのだけど……

（とても良い人なんだけどな……）

ユウキは外に出ていました。

理由は、私が寝間着《ねまき》に着替えたからです。そういう配慮《はいりょ》はありがたいんですが、複雑《ふくざつ》な気分でもあります。

自分で言うのも何ですが、私はスタイルが結構良いほうだと思います。

でも、ユウキから避けられてるような気がするし、異性として見られていないと感じてしまうのです。

だったら、こっちからもう少し積極的にいくべきでしょうか……

ほんの少しだけ、そう考えるようになりました。


翌日も、もちろん依頼を受けます。

内容は、ここから少し離れた場所の畑に出たボアの討伐。

さっそく依頼の場所まで行くと、大きな体格のボアがいました。ボアは畑の作物を荒《あ》らしまくっているようです。

「ブフーッ」

鳴き声とともに巨体が揺《ゆ》れています。

私はちょっとビビりつつ、小声でユウキに尋ねます。

「……どうしましょうか？」

「……場所が違えば、罠《わな》にかけるという選択肢があるんだけどな」

確かにここは畑で、罠がかけられそうな所はないです。また依頼主からは、できる限り急いでほしいとも言われていました。

「罠はだめそうですね。いったん戻ります？」

「いや、このまま倒す」

ユウキはそう言ってわざとボアから見えるくらいの位置へ出ると、注意を引きつけました。そして、素早く弓に矢をつがえて撃《う》ちます。

「プギー！」

矢は勢いよく飛んでいき、ボアの横腹に命中。続けて放たれた二本目も刺さりました。

ですが、怒ったボアがユウキに向かって突進してきます。

「……脳天《のうてん》を狙う」

そう言ってユウキは、三本目をボアの額に見事命中させました。

ですが、ボアの突進はそれでも止まりません！

「ちっ、タフだなぁ」

すると、ユウキは弓矢を仕舞いました。

取り出したのは、鉄の錘《おもり》がついた長い鎖です。ユウキはそれを、近づいてきたボアの足に向かって投げつけます。

ボアは一瞬、動きを止めました。

鎖を無理やり引っ張ると、ボアが横転《おうてん》します。

「リフィーア！　頭部を全力で叩いて！」

「は、はい！」

私はメイスを振りかぶり、ボアの頭部に叩きつけました。

続いてユウキもやって来て、短い槍《やり》で腹を突き刺し、さらに短剣に持ち替えてボアの腹を斬り裂きました。

それでもなお、ボアは立ち上がろうとします。

だけど、鎖を四肢《しし》に巻きつけられて動けないようです。腹から大量の血を流し続けていたボアは立ち上がれず、そのまま絶命《ぜつめい》しました。

ユウキが笑みを浮かべて、私に話しかけてきます。

「お疲れ様」

「お、お疲れ様、でした」

私は自分の体力のことを考えず、ひたすらメイスで滅多打ちにしていたので、息が切れていました。

とはいえ、ダメージを与えたのはほとんどユウキです。

矢によって先制攻撃し、鎖を使って横転させ、そして致命傷を与えていました。私も多少は貢献したと思いますが……やはり実力が違いすぎると感じます。

ユウキが、肩で息をする私に告げます。

「疲れているところ悪いんだけど、依頼主の農家の人を呼んできてくれない？」

標的《ひょうてき》がこれであるかどうか、確認させるためとのことでした。

私はさっそく農家まで行って、年配の夫婦を連れてきました。

「あんれまぁ。もう倒しちまったのかい？」

農家の夫婦は驚いていました。

私がこれで間違いないかと問うと、農家の夫婦はウンウンと頷きます。

よし、これで依頼は達成です。

ユウキが農家の夫婦に声をかけます。

「証拠品として死体の一部を持ち帰ります。今から解体を始めるのですが、毛皮とか肉が必要ならばお売りしましょうか？」

「そんじゃ、近くの人を呼んでくるんで、その人らの分も含めて肉をもらいますわ」

夫婦はいったん戻っていきました。

私は、ここからが倒すよりももっと重労働になることを知っています。

――そう、解体をするのです。

ボアは小さいのでも、成人男性より重いといいます。今回仕留めたのは、成人男性三人分はいくでしょう。

私たちが持っている魔法のバッグは安物なので、そんな大きな魔物は入りません。なので、部位ごとに分けなければいけないのです。

ユウキは三本の木の棒を立てかけて組み合わせ、上を縄で縛《しば》りました。そして、ボアの頭部に大きなフックをかけ、一気に吊り上げます。

大人が数人必要になることを、ユウキは一人で行っています。

それから下に桶を置き、ボアの腹をナイフで一気に裂きました。ドバババッという音とともに、汚物やら内臓が出てきました。

落ちきったら、桶を移動させます。

これくらいなら私もできるので、ユウキを手伝うことにしたんですが……

だけど、あまりの臭いに吐き気《け》を催《もよお》してしまいました。

ふぅ……桶をどけても仕事はまだあります。解体作業は、新鮮《しんせん》なうちに一気にしなくてはならないのです。

まず、毛皮を剥ぎ取ってしまいます。続いて部位ごとに切り、汚れがつかないように綺麗な布の上に置いて分けます。

その後、骨から肉を削《そ》いでいくと、最後に大きな骨が残りました。これを分割すれば、ようやく解体は終了です。

何度見ても、ユウキの解体のすごさには圧倒されます。

ちなみに、ユウキは素材の価値を高くするのを意識して戦闘していたそうです。

モンスターを倒すだけなら、何も考えず攻撃しまくるだけでいいでしょう。ですが、収益を増やすのなら、獲物の損傷《そんしょう》は少ないほうが良いのです。

稼ぎが多いパーティと、そうでないパーティには、こういうところに差が出るそうです。

モンスターを倒せるだけではだめ。解体して素材を得ることまで考えられないと稼げないのです。

私がユウキの解体作業を眺めていると、先ほどの夫婦が他の人を連れてきました。結構多いですね。

すぐに、肉の販売が始まります。

ちなみに、モンスターを討伐したら、一部をギルドに証拠として提出する義務があります。ですが、それ以外は自由にしていいことになっています。

肉の買い手は多いので、こんなふうにその場で売買をすることもよくあります。

「こっちの肉をもらおうか」

「足の付近の肉をくれ！」

「私は腹の部分を」

ボアの肉はご馳走です。店で買うと意外に高くつくので、すごい人気《にんき》でした。あっという間に肉の売買は終了しました。

「細かいのが多いな」

「そうですね」

三分の二ほどの肉が売れました。農民がくれた硬貨《こうか》は細かいのが多く、あと野菜などで物々交換した人も少なくなかったです。

残ったお肉は魔法のバッグに入れ、保管しておくことにしました。

さっそく冒険者ギルドに行き、証拠品を見せて報酬をもらいます。

難度《なんど》の高い急ぎの依頼だったんですが、貧しい農家からのものだったということもあって、報酬はそこそこでした。

私はついぼやいてしまいます。

「もっと稼ぎたいですね」

「順位が最低だから、こんなもんだよ」

ユウキの言う通りなんだけど、やはり稼ぎたいものです。

「大物の討伐依頼、どこかに転がってないですかねぇ。あ、そうだ！　他のパーティと組めば、条件の良い依頼を受けられるんじゃないですか？」

私がそう言うと、ユウキはため息をつきました。

「まあ、例え話だけど、美味《うま》いものには毒が入れられているものさ。つまり、もし別のパーティと組んで強敵と戦ってる最中に、逃げられたりしたらどうする？」

「えっ、それは……」

「その場合、幸運なら逃げられるかもしれないが、不幸なら死亡だろうな。仮に生きて戻ってこられても、逃げたパーティと再会したら大喧嘩《おおげんか》だろうね」

そんなことは……ない、とは言えません。

それどころか、そうしたトラブルはよくあるのです。

冒険者の中には、詐欺《さぎ》や裏切りを生業《なりわい》としている者も少なくありません。だからこそ、パーティを誰と組むかで冒険者人生が大きく変わります。

そう考えて、改めてユウキを見ます。

ユウキは優秀なだけでなく、誠実でもあるんですよね。彼と組めて本当に運が良かったと感じます。

ユウキが爽《さわ》やかな笑みを浮かべて言います。

「そんじゃ、残りの肉を売りに行こうか」

「そうですね」

まぁ先のことは置いておいて、肉を売りに町へ出ることにしたのでした。


「えっ。値上げ？」

「実は、大口の依頼が多数入っていて、どこの店も肉がかなり不足してるんだ。良い値で買い取るよ」

どうやら肉の取引値が急騰《きゅうとう》しているようです。

ユウキと相談のうえ、さっきのお肉はすべて売ってしまうことにしました。

食料の在庫は減ってしまいましたが、大きく稼げました。

農民の皆さんに先に売ったのはもったいなかったです。でも、物々交換で野菜をたくさんもらえましたし、売って良かったですかね。


その後、再び冒険者ギルドに戻ってきました。何か依頼が出されてないか、確認しに来たのですが……

「やっぱり、目ぼしい依頼はないですねぇ」

元から少なかったのですが、好条件の依頼は根こそぎ取られてしまったようです。

やることがなくなってしまいました。

「それじゃ、世間話でもしに行こうかな。ちょっと待ってて」

ユウキはそう言うと、他のパーティに近づいていきました。目的は、情報収集だそうです。

冒険者の世界で最も重要なのは、情報と言われています。

こっちではこんなことが起きている、あの町ではあんな素材が取引されている、そういう情報を手に入れることが冒険の成否を分けるのです。

ですが、情報は簡単に手に入れられるものではありません。美味しい話があれば食いつく者は多いのです。また、情報の真偽《しんぎ》を見極める必要もあります。

加えて、冒険者に接触しようにも、冒険者という人種は基本的に口が堅《かた》く、他人を信用しません。そうした者たちに近づくには、「コツ」が必要らしいのですが……

ユウキは、そんな冒険者たちと普通に会話をしています。ときに料理を食べ、ときに酒を奢《おご》り、ときにゲームなどをしながらです。

しばらくユウキの様子を見ていましたが、雰囲気が良くなることはあっても、悪くなることはありませんでした。

——交流を大切にしないと、いつか足元をすくわれる。

ユウキはよくそう言っていました。打算的《ださんてき》かもしれませんが、人として大事なことであるようにも思います。

しばらくしてユウキが戻ってきました。

「どうでしたか？」

「有益な情報が手に入ったよ」

ユウキが聞いてきたのは、少し遠い場所ではあるものの、ボアが大きな群れを形成しているとの情報でした。

群れとなれば、他のパーティと組む必要がありますね。そう思っていましたが、ユウキは自分たちだけで丸取りするつもりらしいです。

「美味い情報の寿命《じゅみょう》は短いし、危険が多い。だけど利益はでかい。どうする？」

「行きます！　行きますとも！」

絶好《ぜっこう》の機会なのです。不安も大きいけど、ユウキとならやれるはず！　クフフフッ、お肉ちゃん、待ってろよ！

でも、準備は欠かせませんよね。

装備は元より、食料や回復ポーション。

そして何より、群れを狩るわけですから、大容量の魔法のバッグ！　今使っているのは完全に容量不足なので……

そんなわけでさっそく買ったのですが、随分と高い買い物になってしまいました。

「まいどありがとうございました」

お金を入れていた袋は、悲しいくらい小さくなりました。

ボアの群れは絶対に狩らないと！

とはいえ、しばらく貧しい食事が続くことになりそうです。

×　×　×

キタァァァァーー!!

ユウキが聞いた情報通り、ボアの大きな群れがいました。

よしよしよしよし！　これを狩れば準備にかかったお金は問題になりません！　お肉の取引値が急騰しているのは確認済みなので、俄然《がぜん》やる気が漲《みなぎ》ります。

結構広範囲にいるようですね。

まずは、はぐれた個体を狩ることにしましょう。

「始めるよ」

「はい！」

一体のボアを、弓矢で釣《つ》ります。

「プギーー！」

こちらに気づき突進してくるボア。

ユウキは鉄の錘がついた長い鎖を投げつけ、ボアの足に絡《から》みつかせます。そして、力ずくで引っ張って横転させました。

そこを、私が滅多打ちし――はぁはぁ、絶命させました。

ユウキはボアの腹を短剣で割《さ》くと、爪のような道具に持ち変えて内臓を掻き出します。

かなり手荒いやり方ですが、獲物が大量にいる状況なので最低限の解体で済ますようです。

「これでいいか」

その死体を、大量収納が可能になった魔法のバッグに入れます。

そして、休む間もなく次の獲物を探します。


すごい！　なんてすごい実力なのでしょう！

草を刈《か》るようにボアを倒していくユウキを見て、私は驚愕していました。

最初に出会ったとき、ウルフを呆気なく倒したのにも驚きましたが、数段上のボアすら軽々と仕留めるなんて。

ユウキの順位は、私と同じ最低の10位のはず。

本来なら、ボア単体さえ危険なのに。

そういえば、ユウキがどういう人なのかほとんど知らないことに気がつきました。ユウキは自分のことを語ろうとしないのです。

でも、相当な人物であることは疑う余地がないようです。

これほどの実力者ならパーティの誘いなど引く手あまたのはず。だけどなぜ、今までそんな噂が出ていなかったのでしょうか?

……っと、今はボアを狩るのに集中しなくては。

聞きたいことは多いですが、一体でも多くの獲物を狩らないと。


日暮れまでボアを討伐し、十八頭も狩ることができました。

ユウキが満足げに告げます。

「それじゃ、野営の準備」

野営は予定通りで、寝袋や食料などは用意してあります。

薪を取り出し、調理器具を設営していくユウキ。そして、手際よく肉や野菜を切り、料理していきます。

それであっという間に完成したのは、焼いた肉と野菜をパンに挟んだサンドイッチでした。

「こんなところかな」

ユウキは苦笑《にがわら》いでしたが、私には信じられません。量が少ないのは不満でしたが、野営中にしては贅沢《ぜいたく》すぎる料理です。

その後、寝袋に包まって眠《ねむ》ることにしました。

次の日も、その次の日も、そのまた次の日も、ボアを狩り続けました。三十頭を超えたあたりから、数えるのが無意味だと感じたので覚えてません。

速攻でボアを倒すユウキに、私はついていくだけなのですから。

想像以上に大量に入る魔法のバッグでしたけど、ついにいっぱいとなりました。狩りはそこで終了です。

町へ帰り、冒険者ギルドに持っていくことにしました。

×　×　×

「えっ？　ボアの大量買い取り？」

さすがにギルド職員も疑っています。

まだ10位である私たちでは、ボアを狩ることはかなりの難易度《なんいど》。どうにも怪しんでいるようです。

そこへ――

「おい、ユウキがそう言ってんだから間違いないだろう。さっさと倉庫に案内して現物の確認を始めろ」

やや乱暴な口調《くちょう》で、別の職員男性が助け船を出してくれました。

「えっ、ユウキ？　あのユウキですか？　まさか本人だと？」

「ユウキ」と聞いて驚いているようです。

いったいどういうことでしょうか。

「失礼しました。ボアの大口買い取りですね。当ギルドの一番大きな倉庫へご案内しますので、少々お待ちください」

すぐさま職員は態度を改め、ギルドが管理しているという倉庫へ案内してくれました。

倉庫に着いて、ボアを次から次へと出していくと――

「!?」

職員の表情は驚きでいっぱいでした。

それはそうですよね。大きなボアが延々《えんえん》と出され続けるのですから。

ギルドが管理してる倉庫だけあって、大物モンスターを数多く入れられる広さがあるけれど……あっという間に埋まっていきます。

倉庫はボアでいっぱいになってしまいました。

ドドーン。倉庫いっぱいに並ぶボアの死体は、壮観《そうかん》です。

「……」

ギルド職員は夢を見ているかのように呆然《ぼうぜん》としています。

ユウキがそんな彼に声をかけます。

「ねぇ」

「は！　はい！」

「上手く解体できる冒険者を集めて。手数料は販売代金から引くということで、二割」

「わ！　わかりました！」

職員は大急ぎで支部の建物まで戻っていき――しばらくすると、たくさんの冒険者を連れて戻ってきました。

「腕の立つ者を集めてきました！　すぐ解体に取りかかります！」

「よろしくお願いします」

ユウキと私は建物から出ていきました。


それから数日後――

「ボアの解体した素材をすべて現金化し、その売却額を書いた書類と金額です。ご確認ください」

出されたのは、一枚の紙切れと薄い銀のプレートでした。大金だと硬貨では多すぎて持ち運べないので、こういうプレート状のものが出されるのです。

だけど、そのプレートは滅多に見られない銀製で、しかも何枚もあります。私は少しばかり混乱していました。

「ふむふむ、内容に不備はないね」

ユウキは書類の中身を確認し、受け取りのサインをしました。

ギルド職員が告げます。

「今回の実績で、お二人の順位を9位まで上げることが決定しました」

え、やった！　まさかこんなに早く順位が上がるなんて！　よしよし、これで少しばかり高額の依頼が受けられるようになりました。

とりあえずご飯へ！　と言いたいところでしたが——

ユウキはなぜかまだ数頭分余っているボアの解体をすると言い出します。

「どうしてですか？」

「肉を食いたいんでしょ」

「それはもちろん！」

「せっかくだし贅沢しようよ」

町のすぐ外に出ると、ユウキはあっという間にボア一体を解体してしまいました。そして解体した肉を持って食堂へ行き、お金を払って調理し始めます。

調理場から、ジュウジュウと肉を焼く音が聞こえてきます。

しばらく待っていると、ユウキが肉を持ってきたのですが——それがすごかった。

「フオオオォォォーーー‼」

変な声を出してしまいました。

ドドーンと出されたのは、ステーキです。

ただのステーキではありません。肉の厚さは手で測《はか》れないほど。こんなに分厚《ぶあつ》いステーキ、初めて見ました。

それが二人分用意されました。セットで、麦のお粥《かゆ》とサラダが添《そ》えられています。

「さあ、ドカンと食おう！」

「はい！」

もう興奮しすぎて、皿ごと食べそうな勢いの私です。

「いただきます！」

ナイフとフォークをすぐさま取って、そのステーキを攻めます。

オオッ、なんという歯ごたえ。

肉汁は滴《したた》るほどにジューシーです。

ナイフで切ってその厚さを確認し、そしてそれをじっくり眺めてから——

「バクッ」

大きく口を開けて放り込みました。

「ンーッ！」

その肉の味は今まで食べた中で、最上の味わいでした。

ああ、神よ。私は神官でありながら、お肉に堕落《だらく》しようとしております。どうかお許しください。質素な食事は悪くないのです。ですが、この世にはそれを忘れさせる様々な誘惑があるのです。

つまり――お肉は正義なのだ。

ガツガツガツガツ。

合間に、麦の粥とサラダを食べながら、私はステーキを攻め続ける。

もう、手が止まりませんでした。

「ふぅ～っ」

「ご馳走様」

あっという間にステーキをすべて食い尽《つ》くしてしまいました。

幸せだった。

「追加する？」

私はすごい勢いでコクコクと頷き――自分でも信じられないのですが、二枚目に突入することにしました。

ユウキは立ち上がり、厨房《ちゅうぼう》の中へ向かいました。

その間に私は、重要な問題について考えます。

さて、どう攻めようか？

一枚目は何も考えずに胃袋に入れました。では、二枚目はどうすべきか。塩コショウを加えるか？　ソースを足すか？　どちらも捨てがたい。

「ん〜」

結局、半分を塩コショウにして、あと半分をソースでいただくことにしました。

やがて、さっきと同じステーキが持ってこられます。

（ああ、幸せ……）

ユウキと出会わなければ、こんな食事が取れるなど夢にも思わなかったでしょう。

私は、ユウキとの出会いを神に感謝し、無我夢中《むがむちゅう》でステーキを食べるのでした。


その後しばらくして――

「胃が重いです」

「当然でしょ」

ご馳走を平《たい》らげた私たちは宿屋に戻っていました。

「残しても良かったんだぞ」

「それは命への冒涜《ぼうとく》ですよ」

何しろあれだけ苦労して狩ったのです。残したくなかったんですよ。

私は重いお腹を抱えてベッドに寝転がる。しばらくゴロゴロしつつ、ふとユウキのほうを見る。彼は何か考え事をしているようでした。

「どうかしたのですか？」

「ああ、ちょっとばかり今後の予定を」

今後？　今後かぁ。

選択肢としては、このままここに留まるか、ダンジョンなどがある他の場所に行くのかでしょう。どちらにもメリットとデメリットがありそうです。

留まるならば、またボアの群れを狩ることができる。しかし、その頭数には限りがある。他の場所に行けば、それ以外の獲物が手に入る。ただしその一方で、他のパーティと競争することになるかもしれない。

ユウキとしては、もうしばらくここに留まりたいようでした。

それで経験を積み、メンバーを集め、情報を入手してから出ていくという考えらしい。

すぐに寝る時間になったけど、私は眠るのをやめて考えていた。

そういえば、ギルド職員はボアを狩ったと言う私たちを疑っていた。順位が最低の二人パーティなので、疑うのが普通でしょう。

でも、ユウキの名前を聞いたとたん態度が変わったのだ。

私は小声で呟く。

「つまり、ユウキは冒険者ギルドが敬意《けいい》を払う相手であるわけですか……でも、なぜそれほどの人物が私と同じ順位なのでしょう」

冒険者は、様々な方面の付き合いがあるため、人の噂が立つのが早い。良い噂もあれば、悪い噂も同じように出てくる。

私は少しばかりユウキの情報を集めようと考えました。

×　×　×

翌日、戦いで疲労が溜《た》まっているだろうということで休むことになりました。とはいえ、ユウキはやることがあるらしく別行動。

私、リフィーアは冒険者ギルドに行くことにします。

「こんにちは」

「あら、リフィーアじゃない」

ギルドの受付は、私を覚えてくれていたようです。

「今日は一人でどうしたのですか？」

「じつは……」

ユウキについて知りたい、と伝えます。

冒険者ギルドは、所属している冒険者の素性を把握しています。様々なツテを使って、冒険者の実力・実績・評判を集めているのです。

依頼は常に人からもたらされるため、戦闘能力以上に冒険者の人となりが重視されるらしいです。

私がユウキの情報を求めると、ギルド職員は首を傾《かし》げます。

「彼、ですか？」

「はい」

ギルド職員は少し口ごもり、「……口外してはならない話ですが」と念押してきます。

私が了承《りょうしょう》すると、ギルド職員は語り出しました。

「ギルドでの順位は低いですが、ユウキは最高クラスの評価を得ています。戦闘技術も優れていますが、特にすごいのは解体技術。彼独自の解体法は、これまで誰も考えたことがありません。切り分けられた素材の見事さは、専門の解体師よりも数段上でしょう」

ギルド職員は嘘をつきません。つまり、ユウキはそれほどの人物なのでしょう。ギルド職員はさらに続けます。

「彼は他の勇者たちとパーティを組んでいましたが……勇者たちは最悪でした。その事実を知った私たちは秘密裏に支援し、ユウキがパーティから抜け出せるようにしたんです」

そうしてようやく、彼は解放されたのだと言います。

「ユウキの順位が低いのは、冒険者ギルドがある問題を抱えているため。それが処理されるまでは駆け出し冒険者とし、目立たせてはいけないと命令が出ているのです」

「なるほど」

それから職員は「これ以上のことは言えません」と口にしました。

相当な人物だと感じていましたが……とんでもない相手と付き合うことになりました。

私は心配になってしまいます。

……だけど、これは神が与えた天佑《てんゆう》なのかもしれません。

私はギルド職員にお礼を言います。

「情報、ありがとうございました」

「このくらいしか今は話せませんので」

ユウキは、元は「勇者」と呼ばれていたらしいです。勇者は今ではほとんど意味のない称号ですが、大事にしている人も少なくありません。

ただ、ユウキ本人にとっては無意味だったようです。

「さて、町の中をぶらつくとしますか」

ユウキからいくらかもらっているので、買い食いでもしましょうかね。その日、私はご機嫌な気持ちで町を歩いたのだった。

×　×　×

翌日、またボアの群れを狩りに行くこととした。僕、ユウキとリフィーアが以前と同じ場所へ向かう途中――

「クソが！　お前らのせいで狩れないじゃないか！」

「そちらこそ迷惑です！」

二つのパーティのリーダーが、言い争《あらそ》っていた。

人数は二つのパーティを合わせて二十人ほど。この先にはボアの群れの棲《す》む平原があるので、つまりは先客ということだ。

「ハッ！　女だけで構成された最低順位のパーティのくせに」

「順位はあなたたちも変わらないでしょう」

「ふん、俺らはこれだけ集まってるんだ。それに参加させてもらっただけでも感謝しな」

「ただ人数を集めただけに感じますね」

感情的になりすぎ、会話が噛み合っていない。

見るに見かねて割って入る。

「もうそれくらいにしたら？」

「「誰ですか、あなたは？」」

両者の声がそろう。

「君たちと同じ目的でここに来たんですよ」

言い争う二人が、僕とリフィーアのことを確認すると――

「たった二人でか？　ハハハ！」

「なるほど……確かに二人でも十分なのかもしれません」

それぞれ正反対の反応をした。

馬鹿にしてきたのは、十六人をまとめる男のリーダー。僕らを実力者と判断したのは、四人をまとめる女のリーダーだ。前者は男女混合で、後者は女性しかいないパーティだった。

僕はため息交じりに言う。

「僕のことはどうでもいい。仲間割れの理由を聞いてるんだよ」

彼らの返答によると、ボアの群れをどう狩るかについて争っていたようだ。

大所帯《おおじょたい》のほうは手当たりしだいに攻めると主張し、四人パーティははぐれた単体から始末したいと主張したとのこと。

前者よりも後者のほうが賢《かしこ》いな。

今まで僕は、どんな獲物でも基本的に正面《しょうめん》から向かっていくのは避けていた。先手《せんて》を取ったり行動を制限したりして、モンスターを仕留めてきたのだ。

僕は男のリーダーに言う。

「ボアは単独でもかなり強く、数人がかりで当たらないと危険だよ。人数的には問題ないけど」

「フン！　俺らはそこそこ名前が売れているパーティだぞ。ボアを狩るぐらい簡単だ」

「戦闘経験はあるの？」

「も、もちろんだ……」

なぜかそこで男性の言葉は途切《とぎ》れた。どうも怪しいな。

「もういいよ。さっさと行こう」

男のリーダーはそう口にすると行ってしまった。僕はヤレヤレと首を横に振って、残った四人の女の子に声をかける。

「君たちはどうするの？」

「ボアを狩るという目的で集まりましたが……これではどうしようもないです」

「じゃあ、目的も同じみたいだし、一緒に行かないか？」

誘ってみると、女の子たちは申し訳なさそうにする。

「それはありがたいですが、私たちはまだ駆け出しで実力がありません。人数が集まってどうにかしてるのが現状で……」

僕らについていけるか、悩んでいるようだ。

僕は気楽な感じで返答する。

「とりあえずできることをすればいいし、できないことはしなくていいよ」

「それではお世話になりたいと思います」

こうして、四人は僕たちのパーティに入ることになった。

それぞれが自己紹介してくれる。

「私がリーダーのエリーゼです。魔術を使えます」

「リラです。片手斧と盾を使います」

「フィーです。槍使いだよ」

「ミミだよ。弓と短剣を使う」

全員少しばかり解体の心得《こころえ》があるそうだ。

僕とリフィーアも自己紹介する。

「とりあえずリーダーをさせてもらうよ。名前はユウキ。メインは盗賊だけど、大抵のことはできる」

「リフィーアです。神官戦士です」

六人というそこそこの規模のパーティになった僕たちは、その後、前と同じボアの群れ

の場所に向かった。

先に行っていたパーティが戦闘を始めている。でも、複数のボアの注目を集めてしまい、苦労してるようだな。

「あいつら、何も見えていないな。力押しでどうにかなる相手じゃないのに」

彼らのことは放っておき、少し場所を離れることにする。

そこで、一体のはぐれたボアを見つける。

「よし、あれなら釣れる」

「えっ？　ここからですか？」

ようやく視認《しにん》できるくらいの距離であるが、問題ないだろう。

「矢にブーストかけて」

「は、はい」

リフィーアが慌てながらやってくれる。僕は全員に戦闘準備するように言ってから、勢いよく矢を放った。

バシュン。

矢はボアの体に突き刺さる。

「プギーッ！」

すぐさま二本目三本目と撃つ。

脳天を撃ち抜かれたボアは即座に絶命した。

呆気に取られるリフィーアたちを連れて、倒したボアのもとに近づく。それから周囲の警戒と死体の処理に取りかかる。

僕がボアのお尻のあたりをいじっていると、リフィーアが尋ねてくる。

「何をしているのですか？」

「肉というのは少しでも汚れると病気になるし、価値が大きく下がるから」

体内に残っている汚物が、肉を汚さないように処理しているのだ。その処理をしてから短剣で腹を割くと、内臓などが綺麗に出てくる。

「その道具は？」

「内臓などを掻き出すための引っかき棒」

その小さな鎌《かま》のような先がついた棒で、内臓を掻き出していく。

本当ならここで毛皮などを剥いで肉を分割するのだが、多く狩りたいのでそれはあと回しにして次の獲物を探す。

それからもボアを狩り続けた。

ボアは二分の一くらいの確率で僕の矢だけで死んだ。

生きている場合は、前と同じく鎖を足に絡みつかせてから、仲間全員で攻撃する。

先に深手《ふかで》を負わせているので、苦労もなくボアを倒すことができた。大量のボアの死体を魔法のバッグに仕舞い込んでいく。

「「「すごい！　なんて強いの！」」」

新しく仲間になった、エリーゼ、リラ、フィー、ミミは驚いていた。

ボアは最低ランクの冒険者でも倒せるが、その体格・体重・気性《きしょう》の荒さゆえに狩りやすいとは言えないのだ。

ちなみにこの即席パーティは後衛と前衛のバランスが取れており、結構良い感じだった。

「よし、倒した」

あっという間にボアを処理し、そんなふうに日暮れまでボアを狩り続ける。

「これで終わりにしようか」

「は、はい」

日が落ちる前に狩りを切り上げた。

もう全員の魔法のバッグがいっぱいだ。みんなちゃんと結果を出していた。

「まだまだボアはいるけど、これでおしまい。下手に手を出すと、群れで襲いかかってくる危険性があるからね」

僕らのパーティは、何体ものボアを相手にできるほどではない。退くべきときに退くことが大事なのだ。

ボアが群れごと襲いかかってきたら、きっと町にまで大きな被害が出てしまうと思う。

帰る途中、あのパーティを見つけられなかった。

どうやら途中で退却《たいきゃく》したようだ。

僕たちが仕留めたボアの数は五十頭を超えていた。肉の値段が高騰《こうとう》中なので、売ればかなりの金額になるだろう。

×　×　×

町では騒ぎが起きていた。

「あっ！　あなたたちは冒険者ですね！　狩りの成果はどうでしたか？」

声をかけてきたのは、ギルド職員のようだ。

僕が「上手くいった」と伝えると、ギルド職員は前のめりで頼んでくる。

「肉を持っているなら大至急《だいしきゅう》売ってもらえますか。また品不足が起きて、住民が怒ってるんですよ」

「この前大量に出したのに？」

ギルド職員はため息交じりに答える。

「他の町でも肉不足が起きていて、商人が買い占《し》めてしまってるんですよ。それで値上げを始めているみたいで」

　商人というのは利に敏《さと》い。

　こういう値段を吊り上げるタイミングを逃さないのだ。ある程度は仕方ないと思うが、中には法外な値上げをする輩《やから》もいるという。

「それで、どれくらい必要なの？」

「あるだけ全部買います。商人には卸《おろ》さずにギルドで販売することにしますので」

　僕は少し事情を確認してから、解体できる人間を回してくれるように頼んだ。そしてすぐさま倉庫へ行き、狩ってきたばかりのボアを並べる。

「すごいです！　こんなに狩ってくるなんて！」

　ボアの死体の山を見て、ギルド職員は大喜びだ。

「他の人が集まるまで作業を進めさせてもらうよ」

　僕はいつも通り、解体の準備に入る。

「な、何をしているのですか？」

　たまたま見物していた職員が、疑問の声を上げた。

　この世界では、僕がするような吊り上げ式の解体法は知られていない。地面で作業するのが一般的だからだ。

「肉も皮も汚れると価値が下がる。だから、できる限りそうならないようにしようと思ってね」

僕は三本の長い木の棒を組み合わせて、その一番上を縄で縛った。

ボアの頭部にフックの付いた縄を取りつけて、「よっ」という掛け声で一気に吊るし上げる。僕はリフィーアに声をかける。

「リフィーア。皮を剥いで肉を部位ごとに分けるから、綺麗な布を出しておいて」

「わかりました」

吊るし上げたボアを調べ始める。

解体には、基本的に決まった手順があり、それを守ればほぼ間違いがない。

とはいえ、一体一体大きさも違えば肉のつき方も違うので、必ずしもその限りではない。

どの部位を大きく採るのかを考え、しっかりと確認する必要があるのだ。

僕は、各部位の大きさや状態を調べて、手順を確認していく。

「よし」

僕は解体の道具を出す。

使うのは、小さな刃物だ。

四肢の先に刃をぐるりと入れて、中央に向かって一直線に切り裂く。

そこから徐々に皮を剥ぎ取る。それを少しずつ行い、しばらくすると——傷一つない大きな毛皮が剥ぎ取られた。

「「「すごい！」」」

エリーゼたちは感嘆《かんたん》の声を出した。ここまで大きく立派に取られた毛皮を見たのは初めてらしい。

そこから肉を切り出し始める。肉の筋に沿い、丁寧に切っていく。

ザクザク。

肉を綺麗な布の上に置いて、包んでいく。

しばらくその作業を行っていると、ギルド職員が解体ができる者たちを連れてきた。

「あ、もう始めてたんですね」

「自分らの取り分はしっかり取らないと」

その後、一体の解体を終えた僕は職員に、依頼する解体の仕事料として二割を提示した。

「もう少し色をつけてくれませんか？」

品不足ということを考えれば、高値《たかね》で売れることは確実。職員は売却額が高くなることを見越《みこ》して、他の人間への分配を増やしたいと考えたようだ。

「持ってきた半分は僕のじゃない。エリーゼたちに交渉して」

僕がそう言うと、ギルド職員はエリーゼに尋ねる。

「不躾《ぶしつけ》で申し訳ありませんが、売却額の三割で解体の仕事をさせてもらえませんでしょうか」

「わかりました。私たちはユウキほど解体技術を持っていませんし。それで」

すぐに交渉は終わったようだ。

僕はまた作業に戻り、他の冒険者らは急いで解体を始める。ギルドでは解体の腕が立つ人材を常時備《そな》えているので間違いないだろう。

僕は、もう一体を解体し終えると――

「はい、これは取り分」

エリーゼたちにそれをまるごと渡した。これ以上の仕事は無用だと感じたので、倉庫をあとにする。僕はエリーゼに告げる。

「渡した肉は、煮るなり焼くなり、好きに使えばいいよ」

「ありがとうございます」

リフィーアがエリーゼに尋ねる。

「ところで、あなたたちはこれからどうするの？」

「そのことなんですけど……」

――パーティに正式に入れてもらえないか。

とのことだった。

一緒に戦闘から解体、素材の売買をしたのを通して、相性《あいしょう》の良さみたいなのを感じてくれたみたいだ。

「リフィーアはそれでいいかな」

「ええ、構いません」

年頃も変わらないし、ちょうどいいかな。

「先に言っておくけど、解体をやれるのは僕になると思うから、その分の仕事の代金は計算させてもらう」

一応、相場通りのパーティ内の取り分の話をしておく。解体した者は最低でも二割分配するというやつだ。

エリーゼたちは妥当であると同意してくれた。

「それじゃ、冒険者ギルドで正式にパーティ登録をしてから、飯を食いに行こう」

新《あら》たに入った四人の祝いをすることにした。

×　×　×

「解体技術を教えていただきたく存じます」

「はい？」

歓迎の席が終わったあと、エリーゼ、リラ、フィー、ミミの四人が弟子入《でしい》りを申し込んできた。

僕は「何で？」という表情である。

彼女たちは元より解体の基礎《きそ》は学んでいたが、僕の技術を見て驚いたようだ。

断《ことわ》るのも逆に面倒だし、解体を手伝ってくれる人手が増えるのはありがたい。そんな思惑もあり、弟子入りを許可した。

さっそくやってみようということになり、僕は魔法のバッグからボアの死体を出した。

これは珍しく仕留めてから、何の下処理もせずに持ってきたものだ。

「先に聞いておくけど、これを吊り上げられる？」

できなければ何も始まらないけど、四人の答えは――

「「「「無理です」」」」

とのことだった。

「じゃあ。それを可能とする道具を出す」

そう言って僕が出したのは、四つのL字を組み合わせたちょっと複雑な機器だ。四つのL字が正方形となるように配置され、上部二箇所には滑車《かっしゃ》が付いている。

「これはなんですか？」

「僕は、『吊り上げくん1号』って呼んでるけど」

我ながら、子供がつけたような安直《あんちょく》な名前だな。

上部の二つの滑車に、フックを付けたロープを通してボアに引っかける。これでボアには二つのロープが引っかけられている。

「本当なら力で引っ張ったほうが早いんだけど……非力《ひりき》な人でも、これを使えば何とかなるでしょ？」

そう言って僕が出したのは、鈍い輝きを持った巨大な塊《かたまり》だ。

鉛《なまり》製の錘《おもり》である。

「これをボアと反対のロープ先にある皿に載《の》せる」

鉛の塊なので重いが、女性でも何とか持てるぐらいの大きさにはしてある。それを、エリーゼたちは皿の上に置くのを繰り返した。

すると、ボアは徐々に上がっていく。

エリーゼ、リラ、フィー、ミミが喜びの声を上げる。

「すごいですね。これなら非力な私たちでも大丈夫です！」

「こんな楽な方法があるなんて！」

「これなら私たちでも仕事になる！」

「そうだね！」

僕はみんなに向かって告げる。

「それじゃ、ここからは実際の解体の授業に入るよ」

「「「「よろしくお願いします」」」」

その後、僕は解体において基本となる手順を一つひとつ教えていく。

解体する部位として、肉、骨、皮、毛、内臓などがあること。その取り出し方、そして処理の仕方を丁寧に解説していった。

そして一番の基礎である、内蔵の処理の仕方を実物を使って教えることにした。

内臓には食べていたものが残っており、これを最初に出さないと他の部位が汚れてしまう。

従来の方法では内臓や汚物だけを取り出すのが難しく、毛皮や肉が汚れてしまう。だが、お尻を下にして吊り上げれば自然と下に落ちるのだ。

これが吊り上げることの一番目のメリット。さらに下に桶を置いておけば、まとめて処理できるというわけである。

確実に落ちるようにするには、お尻の穴を広げるような処理をしておき、そうして一気に腹を裂いて内臓などすべてを落っことすのだ。

そう解説しながら、僕は実際にやって見せた。

ドドドドド。

内臓やら汚物やらが、勢いよく桶に落ちていく。

落ちきったら、毛皮を剥ぐ作業に入る。

両前足と後ろ足の先を丸く切って、体の中心に向かって一直線に切り出す。そこから毛皮を剥いでいく。

台の上に寝かせたのでは、手を入れられる範囲に限界がある。

だが、吊り上げているので他の方向からも手を入れやすく、何より重い体を動かす必要もない。これが二番目のメリット。

そうして徐々に毛皮を剥いでいき、しばらくすると大きく立派な毛皮が採れた。

続いて、骨から肉を切り出す作業へ入る。肉の部位には硬《かた》い部分もあれば柔《やわ》らかい部分もあり、それぞれ値段の差がある。

高額部位をできるだけ大きく・厚く・無駄なく・切り出すのが、解体者の腕の見せどころなのだ。

部位は、頭、右前足、左前足、腹身、左後ろ足、右後ろ足、臀部《でんぶ》、背中という感じだ。あとこれに骨が加わる。骨は丁寧に処理すれば良いダシが取れて、スープやソースなどに使われる。

それぞれの部位を切り出したら関節部分の骨を分断し——これで解体作業終了だ。

僕はエリーゼたちに向かって尋ねる。

「ざっとこんな感じ。できそう？」

「解体用の道具とか譲《ゆず》ってくれませんよね？」

エリーゼは大胆《だいたん》なお願いをしてきた。

僕は笑って返答する。

「だめだよ。ほとんど自力で作ったんだから。壊《こわ》したり失《な》くしたりされたら困るよ」

「う～っ」

僕のがあれば、大物の解体が格段に楽になるのは確実と思ったらしい。

でも、この道具は僕の持ち物だ。

「吊り上げくん1号が欲しいっていうなら、設計図を書くから誰かに作ってもらうしかないかな」

「それは仕方ないですね」

さすがに僕におんぶに抱《だ》っこになっては、エリーゼたちのためにもならないので、そうするしかない。

「モンスターの解体技術は、先人の知恵と技術と苦労の積み重《かさ》ねにより進歩してきた。だから、これから始めても決して遅くはない」

「「「はい」」」

勢い余ってもっともらしいことを言ってみた。

エリーゼたちは戦闘能力も解体能力も未熟だけど、それはこれから上げればいい。解体技術を修得《しゅうとく》すれば、お金が稼げるのは確実だし。

「これ、どうしましょうか」

エリーゼが尋ねてきたように、授業で使ったボアをどうするのかが問題だった。売り払ってもいいが、自分らで使っても余りそうなほど大きい。

「焼肉にでもするか」

「「「「やった～」」」」

全員が喜びの声を上げる。

町中でやるわけにはいかないので、少し離れた場所でやることにした。


大きな鉄板を引っ張り出して、石を組んで土台とする。

「こんなのも持ち歩いてるんですか」

「備えあれば憂《うれ》いなし」

リフィーアには引かれたけど気にしない。

そうして全員で小枝や薪を集めてから火をおこす。エリーゼが魔術で火をつけて、油を引いて肉を焼き始める。

ジューッ。

香《こう》ばしい香りが立ち上ってくる。

僕は木製の皿にタレを入れて、リフィーアに差し出す。

「これは？」

「普通だと塩コショウとかソースとかあるよね。これはお手製のオリジナルソース」

そのソースに肉をつけて食べたリフィーアが声を上げる。

「ジューシーかつ、何とも言えない旨《うま》みが口の中に！」

そんなふうにして、全員肉に舌鼓《したつづみ》を打った。

僕は、次から次へと肉を鉄板の上に置いて焼いていく。さらに、まな板と包丁を取り出して、肉を切り分ける。

それを大皿に盛《も》って出すと、みんなの箸《はし》は止まらなかった。

「はぁ……」

まさかみんな大食いだったとは。

「はふぅ～、幸せです～」

全員ひたすら肉を食いまくっていたな。

僕は冗談めかしつつ、満足げなリフィーアに言う。

「他人様の稼ぎで遠慮《えんりょ》なく食べるお肉って美味しいよね？」

「うっ」

今は我慢してあげるけど、自力でどうにかできるようにしないと、この先思いやられるな。

金の管理はリーダーである僕が行うとして、今のような大食いが今後も続くならば、それ相応の働きが必要になるだろう。

「言っとくけど、体で払ってもらうからね」

別に深い意味ではなく、労働してということなのだが。この言い方だと、別の可能性も出てくるかもしれない。

ふとリフィーアのほうを見ると、間違った解釈《かいしゃく》をしている感じだった。

×　×　×

私、リフィーアは特に今日はやることもなかったので、宿屋で休むことにしました。

ちなみに、以前より少しグレードアップして風呂付きの大部屋を借りています。今、交代で風呂に入り、溜まった疲れを癒やしたところです。

このときも、ユウキはちゃんと外に出ていました。

「ユウキは徹底してますねー」

「そうね、別に裸を見られることくらい問題ないけど」

「奥手《おくて》なのかな」

「でも普通なら、女の子に興味のある年頃だよ」

「そこら辺、どうなんでしょうね」

女の子が五人も集まれば、話も賑《にぎ》わいます。

「そういえば、彼ってどこの生まれなの？」

エリーゼが聞いてきます。

「何も聞いてません。家族とかがもういないみたいで、それ以上のことは何も……」

「ってことは、孤児《こじ》なの？」

「どうも違うみたいです。かなり高度な教育を受けているのは間違いありませんけど」

エリーゼだけでなく、リラもフィーもミミもユウキに興味津々《しんしん》なようでした。他人との接触を避けるように振る舞うのが不思議とのこと。

貴族や町娘でなく冒険者なのだから、裸を見られたくらいではどうとも思わないのですが、それでもユウキは気にしているようですね。

「ユウキのこと、ギルドで聞いてみたんだけど……」

私はギルドで聞いた話をする。

ただし、確信的な部分はギルドの誰も教えてくれなかったのだ。非常に優秀なことは知れ渡っているらしいけど……

「どこかの権力者と関係あるとか？」

「どうにも判断しづらいです」

いくら考えても埒《らち》が明かないので――

「はぁ？　僕のことを知りたい？」

強引に聞いてみることにしました。

「わざわざ話すようなことなんか、何一つないと思うんだけど」

「正式にパーティになったのです。互いの身の上くらい話しても良いと思いますよ」

「それもそうだね」

そんなわけで、各々《おのおの》気楽に話し始めます。

エリーゼら四人はいずれも農家の娘だったそうです。

そこそこ収入はあったけど、それぞれの家族の生活が苦しくなり、冒険者として独《ひと》り立ちせざるをえなかったとのこと。

エリーゼをリーダーとして、軽い気持ちで冒険者ギルドに登録し、最初の依頼があのボアの群れの狩りだったようです。

私、リフィーアは少しだけ裕福《ゆうふく》な家の出。神殿で祈りをささげているときに、戦の神の声が聞こえ、神聖魔術を使えるようになりました。

元々、武芸のほうに才能があって、メイスと盾を使った戦い方を学んでいたんですけどね。

それで司祭様から旅に出るように言われ、ユウキと出会ったのでした。

「さあ、ユウキの番ですよ」

「やれやれ」

そうして、ユウキはゆっくりと話し始めました。

家族構成は、祖父と両親、そして兄弟が四人。

祖父は達人と言えるほど武芸に精通《せいつう》し、様々な武器の使い方と体を鍛える方法を教えてくれたとのこと。

父は腕利《うでき》きの狩人で、サバイバル技術を教えてくれたようです。食用の植物の見分け方や、獣を獲るための罠の仕掛け方などを教わったと言います。

母は大農家の跡取《あとと》り娘であるだけでなく、農地を荒らす熊や鹿や猪《いのしし》などを倒す腕前を持っていたそうです。

ユウキの解体技術は、ほぼその母から教えられたとのことでした。

平和で、幸せで、母方の家を継ぐため、勉強に励《はげ》んでいた矢先に――

「連れてこられた？」

「っていうか、拉致同然にね」

豪華《ごうか》な身なりをした人物に命令され、勇者のお守りをさせられることになったと。

そこからが、最悪の日々だったそうです。

勇者は自己中心的で、問題ばかり起こす。

ユウキは勇者のご機嫌取りやあと始末のために、何度も死にかけたとのこと。それなのに、ユウキはまるで奴隷同然の待遇でこき使われるばかり。

やがて向こうから、ユウキの追放が言い渡されたそうです。

彼らは、最後の最後まで最悪であったといいます。

なぜかみんな涙を浮かべています。

「グスッ、グスグス……なんて、なんて酷いお話でしょう」

「あ〜もう！　こんなのどこかにあっても不思議ではない苦労話の一つ。もう解放されたんだから」

ユウキはもはや気にもしていないようです。

復讐《ふくしゅう》しようと考えたことはないのでしょうか？　それとなく尋ねてみると、「やるべき立場の人たちがいるそうだから、そちらに任せることにした」そうだ。

よくわかりませんが、いったい誰なのでしょうか。

「さぁ、さっさと寝るよ。明日報酬をもらいに行かないといけないし。狩りだってしないといけないんだから」

ユウキは私たちの目の前でさっさと着替え、ベッドで横になりました。

誇《ほこ》るわけでもなく、卑屈《ひくつ》になるわけでもなく、今できることをしっかりと把握して、行動するユウキ。

私たちは、ユウキは信頼できる、という確信を強めるのでした。

その後、私もベッドに入り、眠りが来るのを待つことにしました。

× × ×

勇者たちは仲間探しを始めていた。

まず確保すべきは、解体と料理ができる者だ。そうして人材を探すのだが、愚かな彼らはすぐに問題を起こしてしまう。

「なぁ、俺様たちは有名な勇者のパーティだ。仲間に入れよ」

「嫌です。もう別のパーティに入ってますから」

「あぁん？ どうせそこらの雑魚《ざこ》パーティだろ。俺らのほうが格段に実入りがいいぜ。入りなよ」

「あなたたちは常識と礼儀《れいぎ》を知らないのですか？ 正式にパーティに入っている人間を堂々と勧誘《かんゆう》するなんて」

勇者たちは町中でパーティメンバーの引き抜きを行っていた。

ギルドの規則ではそうした行為は禁止されている。

金や権力を使って無理やり引き抜く馬鹿がいるために禁止されているのだが、こいつらはまさにその馬鹿であった。

そもそも彼らの悪評は知れ渡っているので、誰も聞く耳を持たない。

「どうした？　栄光と誇りある勇者のパーティに入れる唯一の機会だぞ。文句などないはずだ」

「嫌です。あなたたちは最低のクズだと聞いています。そんなパーティに入って食い物にされるなど死んでも拒否《きょひ》します」

「さっさと入るって言えばいいんだよ！」

「キャァッ！」

そこへ大男が割って入る。

歴戦の猛者と呼べるような、いかにも強そうな風貌《ふうぼう》をしていた。

「オイオイ、てめえら。いい加減しろや」

女に絡んでいたベルファストが尋ねる。

「何だお前は？」

「リーダー！　助けてください！」

現れた大男は、彼女らのパーティのリーダーだった。

「お前がリーダーなのか。ちょうどいい。パーティ全員、俺様の仲間になれよ。手厚《てあつ》く歓迎するぜ」

「ほうほう、歓迎ね。そんじゃ」

――冒険者流の歓迎をしてやろう。

ベルファストが「何のことだ？」と返答する間もなく、重い拳《こぶし》で顔面を殴《なぐ》られた。

「ゲプゥッ！」

「てめえらのような輩《やから》には、これが礼儀なんでな」

ベルファストは数メートル吹っ飛んでいった。

他の勇者たちが攻撃態勢を整えようとするが、大男は勇者全員を一撃でのしてしまった。

「こいつらを放り出せ。装備は剥ぎ取らねぇが、冒険者ギルドにはしっかりと報告させてもらうぜ」

彼らは町から放り出された。

気がついたときには、数時間経っていた。

それで、愚かな彼らは「夢だった」と思い込むことにした。回復魔術で傷を治し、またそしらぬ顔で町を歩く。

周囲から、嫌悪《けんお》の目が向けられる。

どこへ行ってもそうした視線が送られたが、彼らは気づかない。むしろ賞賛《しょうさん》を浴《あ》びていると勘違いしていた。

そうして堂々と冒険者ギルドへ行く。

「仲間に入る奴を探している。優れた解体師と料理人を大至急よこせ」

「……報酬の分け前はいかほどで？」

ギルド職員は厄介《やっかい》な相手が来たと思いつつ、淡々と職務をこなす。

「それは我々への貢献をもって決めるべきことだ」

「失礼ではございますが、解体と料理ができる人材は人気なのです。腕が立つとなるとさらに競争が激しく、ほぼ専属となっております。申し訳ありませんが、予約を入れて待ってもらうしかありません」

職員は分厚い紙の束《たば》を取り出して、空《あ》きがないことを伝えた。

「はぁ？　たかだか解体と料理しかできないゴミクズが予約待ちだと⁉　ふざけるな！」

「昔からの規則ですので」

勇者たちは未だに勘違いをしていた。

たかが解体、たかが料理、そんなのは誰にでもできると。しかし実際はそうではない。

これができる冒険者が高給取りなのだ。

解体は、高レベルの技術と知識と経験を必要とする。

獲物の体の構造を知り尽くしていなければ、貴重な部位をゴミにしてしまうため、パーティに必須の人材なのだ。

料理は地味だが、パーティの生命線となる。いくらモンスターを倒せる力があろうとも、食事を取らなければ生きてはいけない。

町の外には、食用か毒物なのか判断するのが難しいものが数多く存在する。

下手をすれば、毒を食して死んでしまうこともある。だからこそ、現地で食材の調達と料理ができる料理人は重要であり、こちらもまた高給取りなのだ。

勇者たちはユウキがいたためそれが普通と思っていたが、彼ほど優秀な人物はそうそういない。

勇者たちは、自分らの考えがおかしいことに気づかぬまま無理な要求をしていた。それがどれだけ愚かなことかも知らずに。

「さあ、さっさと冒険者を斡旋しろ。こちらは一番稼ぐ勇者ぞろいのパーティだ。すぐさま優秀な人材を入れるのが最良であろうが」

「あなたたちはどこまで馬鹿なのですか？　そんな無意味なものを見せびらかして何になるのでしょう。脅しですか？」

ベルファストは剣をちらつかせていた。

「申し訳ありませんが、そんな横暴《おうぼう》な行為は冒険者ギルドでは通りません」

――常識を身につけてから出直してこい、と。

「な、なんだと？　ええい！　何もわからない下《した》っ端《ぱ》風情が！　ギルド支部長を呼べ！」

その発言に、職員は眉を動かす。

（おい、てめえらいい加減にしろ？　たかだか8位のくせにどれだけ大物気取りだ？　噂には聞いていたが、ここまで最悪だとは……）

ギルド職員は、噂の勇者の最悪さを知って心の中でため息をつくのだった。

×　×　×

私、ギルド職員が、勇者らを追い出さずに相手をしているのは——今は言えないとある計画を実行するため。

そうでなければ賞金を懸けて、ハンティングしてもいいぐらいなのですが。

「オイ！　さっさと人材をよこすか、ギルド支部長と話をさせろ」

「……わかりました。人材を用意しましょう」

——同じぐらいの順位で臨時でよろしければ、と至極《しごく》まともに対応しただけなのに、こいつらはキレました。

「ふざけるな！　最低でも4位以上の人材をよこせ！」

な～にを言ってるんでしょうかねぇ？

そんな順位になると、全員他のパーティで専属契約してますし、そもそもそんな人物がお前らなど相手にするとでも思ってるのでしょうか？

勇者と驕《おご》っているため、最高のパーティを組めるという馬鹿げた夢を見てるのでしょう。

こいつらは本当に愚かですね。

私は、極《きわ》めて現実的な説明をすることにしました。

「所持金はいくらぐらい持っていますか？」

「話が早いな！　金ならあるぞ」

交渉が通じると思ったようで、勇者のリーダー・ベルファストは懐から金を出そうとしましたが、そこで私は言い放ちます。

「人材斡旋の仲介《ちゅうかい》料として、ミスリルのプレート五枚もらいますね」

彼はすぐさま顔を青ざめさせた。

「お、おい。何だその法外な金額は？」

「おかしいですか？　金ほどわかりやすく価値を表すものは存在しません。あなたたちの言う人材を持ってくるには、かな～り複雑な手続きと説得と待遇が必要なのですよ。さらに、それほどの人材が仕事をするっていうのは、一回の仕事で半年から一年は遊んで暮《く》らせるぐらいの換金額の獲物を狩るんです。たかだかボア程度の解体だとかはやるだけ無駄。そんな時間などないのですよ。ＯＫですか？」

「だ、だけど、以前いた奴は」

「あなたたちの実力では、精々《せいぜい》倒せてワイバーンでしょうね。能力があればそれでも稼げますけど。それか、ベアかボアの大量討伐でしょうかね。ともかく解体する人間しだいで、値段は雲泥《うんでい》の差になります。それぐらい解体とは重要なのですよ」

彼らは何とか反論しようとしますが、私は容赦《ようしゃ》なく叩きます。

「それでは獲物をそのまま持ってきてくれますか？　解体代金取りますけど」

そこでまた口をつぐみます。

どうやらそれすらもできないようですね。そもそも私のほうから一方的に捲し立てているだけなんですがね。

まぁ、この会話自体に意味もないのですが……

「ということで、斡旋できるのは9位にいる人材が精々ですね。文句ありますか？」

「い、いや」

彼らは渋々承諾しました。

そもそも、持っている資金が大したことがないのでしょうね。

勇者たちは不満に感じながらも、人材を手配してもらえると信じたまま去っていきました。

その後、私は黙々《もくもく》と仕事をしました。

そこへ――

「あの馬鹿勇者たちは、また文句を言いに来たのですかね?」

「ケルヴィンさん。帰ってきていたのですか?」

ケルヴィンさんは、垂れ目が特徴《とくちょう》の穏《おだ》やかな初老男性です。

生物学者でありながら冒険者をしているという珍しい方で、動物の有用性や素材の活用法を研究しています。

こういった人物が冒険者ギルドに出入りしている理由は、未開地で発見される動植物の情報のため。

この世界には、まだ人の手が入っていない場所が無数に存在します。

それらを解明することを世界中の研究者が目指していますが、あまりにも広すぎるこの世界を調べきるなど容易《ようい》ではありません。

冒険者ギルドはそういう研究者たちを支援してきました。互いの目的のために手を組んでいるのです。

ケルヴィンさんが尋ねてきます。

「ユウキはどうなったのか?」

「ええ、ようやく追い出されたようです」

私がそう返答すると、ケルヴィンさんは穏やかに笑い始めました。

「ほう、やっとあの馬鹿勇者から解放されたのか！　これでようやく以前から練られていた計画が実現されるということだな」

「ええ、ついにです」

計画とは、あの勇者たちを始めとした不穏分子を一掃するというものです。

当初より勇者たちの評判は悪く、即刻処理すべきだったのですが、持ってくる素材が上等だったため無視できなかったのです。

その原因を調べ、ユウキの存在が明らかになりました。そこで秘密裏に支援し、ユウキを救出しようと画策《かくさく》していました。

さらに、各地でも勇者を名乗る馬鹿が出始めました。

それらへの対応のため、これまであの勇者のパーティは見逃されてきたのですが……もうその必要はなくなりました。

ケルヴィンさんに馬鹿勇者たちが、新たな人材を求めていることを伝えます。

「……では、派遣《はけん》する人材の選別はどうするかね？」

「ほどほどに能力があり、適切な判断ができる人物を押しつけます」

「では、彼らにはもう盤上《ばんじょう》から消えてもらう。そういうことなのだね」

「はい」

私は迷いなく答えました。彼らには「何らかの不幸に遭《あ》っていなくなってもらう」ことになります。

冒険者は危険なお仕事です。

そう、何らかの予想だにしていない出来事があって、人知れず早死にすることなど、別に珍しくもありません。

つまり、そういうことです。

以前からユウキがいないときを狙って全滅させようと試《こころ》みてきましたが、こいつらは無駄にしぶとくて、ここまで生き残っていました。

あるときは事故に見せかけて、あるときは間接的に攻撃し、あるときはモンスターをけしかけて――

ユウキを傷つけるわけにはいけないので証拠を掴まれないようにしましたが、なかなか上手くいきません。ユウキが側にいるということもあって、どうにも決め手に欠けていたようです。

だけどユウキはもうおらず、勇者の背後関係の洗い出しもほぼ終わっています。

もう遠慮する理由がなくなりました。

直接的に刺客を送れるのです。奴らからすれば新しい仲間は、食い物か身代わりか程度の認識でしょうが。

彼らは予期せぬ問題に巻き込まれ、死んだということで処理されます。あいつらのせいで不幸を被《かぶ》った者も数多くいるので、消えたところで問題ありません。

心配なのは、彼らの背後にいる人間が騒ぐことですが、まぁどうにかなるでしょう。

その後、私はすぐさま派遣する人材を選抜《せんばつ》して連絡を取りました。

あいつらのしぶとさは類を見ないほどで、最悪の害虫なので、一度や二度では生き残る可能性も考えられます。

しっかり手を打つことにします。

え？　それでも生き残ったらどうするのか？

そのときは、もっと地獄《じごく》を味わってもらうだけですよ。彼らに早死にしてもらうほうが、世のため、人のため、彼ら自身のためなのです。

×　×　×

「はぁ？　こいつらが冒険者ギルドがよこしてきた人材かぁ？　ゴミクズのように弱いのは仕方ねぇが、女を多めにしてほしかったぜ」

リーダーのベルファストは、平凡な外見の四人を見て毒づいた。

冒険者ギルドからよこされたのは、男二人と女二人。

勇者のパーティなのだから、美男美女は当然であり、ものすごく煌《きら》びやかな装備をしているものだろう。そんな馬鹿な考えに染《そ》まっていたベルファストは、平凡そうな四人を見《み》下《お》ろした。

「それでは自己紹介を」

名前を言おうとするが、ベルファストが遮《さえぎ》る。

「そんなの必要ねぇよ。いいか、お前らは俺らに奉仕して当然の存在なんだ。勇者のパーティのおまけだ。守ってやるだけでもありがたいと思いな！」

四人は──

（評判通りの、最低最悪のクズだな）

そう確信した。

彼らは、事前に冒険者ギルドから彼らの素性を聞かされており、とある重要な任務を背負わされていた。

×　×　×

これは、冒険者ギルドからの密命《みつめい》であります。

この現実の見えてない連中がどうしようが、どうなろうが、冒険者ギルドがすべての責任を負うとのこと。

その後の報酬も、約束されています。

こいつらは消されても仕方がないことをしたのです。

顔を合わせるのも嫌ですが、このあとのことを考えると、ちょ～っと良心が痛みます。

とはいえ、こんなゴミはさっさといなくなってしまうほうが、世のため、人のためでしょう。

挨拶も適当に、森の中へ、ボア狩りに向かいます。

「雑魚雑魚雑魚雑魚！　俺ら勇者の前に出てきたのは残念だったなぁ！」

ボアを見つけてすぐさま狩りを始めますが、その戦闘の仕方がなんとまぁ稚拙《ちせつ》なことをしてますね。

「城壁《じょうへき》の勇者」カノンはタンクなので盾を構えていますが、ヘイトをまったく上げていません。あれじゃ石像と一緒です。

「火炎の勇者」ファラと「御門の勇者」メルは魔術で攻撃しますが、その攻撃のへぼさはどう考えても火力不足。

「静寂の勇者」ベルライトはひたすら回復魔術ばかり。補助や援護はできないんでしょうか。

そして極めつけは、「剛剣の勇者」ベルファスト。

味方の被害も考えず、剣を振り回しています。

能力もだめなら、連携も最悪。

そしてさらに問題なのは、仕留めているにもかかわらず攻撃をやめず、オーバーキルし続けています。

あんなに無駄に攻撃して体力を消耗し、魔術の回数を消費するというのは完全な馬鹿です。できる限り素材は傷つけないように倒すのが常識なのに、それが頭のどこにも入ってない。

彼らは、さっきから倒したボアを徹底的に痛めつけています。

とりあえず、それを眺めるしかないですね。

「ふん！　手こずらせおって」

どうやら気が済んだようで攻撃は止まりましたが、ボア……いやボアらしき存在はなんとも無残《むざん》なものになりました。

「さぁ！　さっそく解体しろ」

「これをですか？」

「そうだ。さっさと解体しろ」

「「「……」」」

私たち四人は沈黙するしかありませんでした。

そのボアを、いや元ボアだったモンスターを見て「これをいったいどうしろと？」としか考えられなかったのです。

　上半身は切り傷と魔術でグチャグチャ。採れる部分などありません。下半身もあまり良い状態ではないですね。

　常軌《じょうき》を逸《いっ》した行動で、訳がわかりません。

　これを解体したとしても、使える部分はほとんどなく、無駄に時間と手間がかかるだけ。とはいえ、仕事は仕事。

　言いたいことは山ほどありますが、どうにかすることにします。

（……どこから手をつければいいのかなぁ）

　その無残なボアを見て、使える部分を判断します。上半分は完全にだめです。そうなると下半分といきたいのですけど、こっちも状態は良くないですね。

　それでも少しばかりのお金にはなると判断し、解体を始めることにします。

　すると、勇者たちは勝手に休憩を取り出しました。

「あの、なぜ護衛をしないのですか？」

　モンスターを解体する間は護衛をしてくれるのが普通ですが、リーダーの答えはこうでした。

「俺らは戦闘で疲れてんだよ」

　そっけなく気持ちのない返事に、怒りがこみ上げます。

「こ、この」

私は思わず武器を抜こうとして、思い留まります。

それで、解体作業を進めても、「遅い」だの「下手」だの罵詈雑言《ばりぞうごん》が飛んできます。ですが、無視して進めます。

普通なら、ボア一頭でそこそこの稼ぎになるのですが、あまりに酷い状態のため採れる部分が極端《きょくたん》にありません。

少ないですが、今回限りの授業料だと思うことにしよう。

「そんじゃこれは全部もらうぜ」

「はい?」

今何と言いましたか?

勇者たちは、私たちが解体した部分を、次々と魔法のバッグに入れていきます。

「待ちなさい! 解体した報酬の歩合《ぶあい》は決められているはずですよ!」

「あん? それはギルドが決めたことだろ。パーティに入ればリーダーが決めて当然だ」

問答無用《もんどうむよう》で、少ない綺麗な部分を持っていく勇者たち。それでも仕事に見合う分配をするべきだと主張しましたが……

「うぜぇっ! このゴミクズが! 邪魔なんだよ!」

あろうことか、新しく入った仲間の一人を袈裟《けさ》切りにしました。

「ガフッ！」

「あ、ああっ！」

血をボタボタと流す仲間を見下して、高笑いするベルファスト。

「ハハハハハ！　やっぱゴミを掃除するのはスカッとするぜ！　なぁそうだろう！」

同じように笑う、他の勇者たち。

お前たちは人の皮を被った悪魔だ！　その罪の重さ、思い知らせてやる！

私たちは全員一致で、計画を実行に移すことに決めました。

クズの勇者といえど戦闘能力では、私たちに勝ち目はありません。けれど、状況しだいでは相手を無力化できる術も心得ています。

ひとまず、急いで傷ついた仲間をポーションで回復させます。

何とか傷を治すと、今度は料理を作れと言い出す勇者たち。

どれだけ傲慢《ごうまん》なのか。

急いであり合わせで何とかしたが、勇者たちはそれにすら大声で不満を言っていた。

そして夜が更《ふ》けていき、各々眠りにつく――

そろそろ薬が効き出す頃です。

食事に混ぜていた薬の効果が出てもいい頃だと思って確認しに行くと、勇者たちは予想通り動けなくなっていました。

もう、彼らの顔色をうかがうのはおしまいです。

勇者全員の装備を外して裸にし、両手両足をきつく縛って暴れないようにします。

そして、木と木の間に渡したロープに繋《つな》げました。

勇者たちは両腕を上げた状態で、吊るし上げられます。

足元に大きな穴を掘り、乾《かわ》いた薪と石を大量に入れました。もちろん、油も大量に入れておきます。

彼らの体に蜂蜜《はちみつ》と油をたっぷり塗《ぬ》りつけ、これで準備完了です。

「オ！　オイ！　てめえらこれは何の真似《まね》だ⁉」

ベルファストが抗議します。

報酬の分配などにより、パーティが決裂《けつれつ》する事態は結構あります。

現地で揉《も》めると犠牲者が出るため、冒険者ギルドが間に入るケースがほとんどなのですが、それができない場合――こうした公開処刑を行うことがあります。

「な、なんだよ。こんなやり方は！」

「大丈夫です、簡単には死なせないので」

私は持っていた松明《たいまつ》を彼らの足元に投げ入れて、火が立ち上るのを確認します。

「ぎゃぁあぁぁあぁぁあぁ‼　熱い！　熱いよ！　助けてくれぇ‼　頼む！　改心する‼

するからぁ⁉　こんなのは勇者が受けることじゃないぃ‼」

大量に入れた薪は簡単にはなくならない。

石も入れてあるので、熱を保ち続ける。

彼らの体には蜂蜜が塗られているため、温まることで甘い匂いを放ち、やがてモンスターが集まってくるだろう。

まさに地獄ですが、因果応報《いんがおうほう》ということです。

私たちは、彼らの装備や魔法のバッグなど全部を持ち帰り、その場を離れたのでした。

×　×　×

勇者たちは絶叫《ぜっきょう》していた。

「熱い！　熱い！　アツイ‼　クソクソクソ⁉　誰か、誰か助けてくれ‼」

足元の火は消えることはなく、熱を生み出し続ける。

それだけでも過酷《かこく》だが、彼らの体に塗られた液体によって熱が張りつき、さらに体感温度を上げる。

火は長い時間燃え続けた。

その間、彼らに許されたのは、叫び声を上げることだけだった。

やがて火は消えたものの、大量に入れられた石が高温になり、熱を保ち続ける。

地獄は延々と続く。

焼けた石の真上で、焼肉にされているようなものだ。それは想像を絶《ぜっ》するほどの苦痛だった。

そうして時間だけが過ぎていく。


「……」


勇者たちは動くこともしなくなった。あんな状態を長時間続けていれば、人は大抵こうなってしまう。

助けは来ない。

ここで、さらなる地獄が彼らを待っていた。

蜂である。

蜂は勇者をじっと見ていた。蜂はしばらく彼らの周りを飛んでどこかに行った。帰ったのか？　そう考えるのが普通だが、蜂の習性は大抵の人によく知られているだろう。

ブブブ～ン。

そう、彼らは仲間を呼びに戻ったのだ。数百匹の蜂は甘い匂いを発する勇者らの体に食いつくためにじっくりと標的を観察する。

勇者たちの血の気《け》が引く。

「ヒ！　ヒィッ‼」

この世界の蜂は、非常に獰猛《どうもう》で容赦がない。

そのことを知っていた彼らは何とか逃げようとするが、縄に縛られた状態でしかも裸では何もできない。

ブーン。

やがて一匹の蜂がベルファストに張りついた。

「イデェッ！」

甘い蜜を得るために噛みつく。すぐさま他の蜂たちも噛みつき出した。

「痛い！　痛いよ！」

「助けてくれ！」

「イヤアッ！」

「やだよう！」

無数の蜂たちに噛みつかれ、ベルライト、カノン、ファラ、メルが声を上げる。

だが、これがさらなる地獄をもたらす。

目標が抵抗することを確認した蜂たちが、本能に従ってお尻の針を突き出したのだ。

ブスゥッ。

毒針を容赦なく突き刺し続ける蜂たち。

「──」

全員が絶叫する。

勇者たちは、無数の蜂たちの襲撃《しゅうげき》を受けた。

最初は暴れていた彼らだったが、あまりにも大量の蜂の攻撃を受け、しばらくすると動かなくなった。

彼らの体は刺された影響で、赤く膨《ふく》れ上がっている。

やがて甘い蜜の匂いを嗅《か》ぎつけて、他の虫も集まり出した。

無数の虫にたかられるという、おぞましい光景が広がる。どのくらい経ったかわからないほど、長くその状態が続いた。

勇者たちは何とか脱出しようと動き出す。

魔術を使おうにも痛みのせいで上手くいかず、体を無理に動かして抜け出すしかない。

その間にも刺された部分が痛むが、このままでは死んでしまう。

ベルファストは徐々にだが左右に体を移動させ、足元の穴から体をずらすことができた。

あとは、腕の縄を何とかすればいいだけだ。

そんな矢先、非常に危険なモンスターが現れた。

「……ベア」

熊である。

この世界の熊は体がかなり大きく、若い個体でも五百キロはある。中には一トンを超える個体も珍しくない。

気性も非常に荒く、熟練の冒険者でも危険な相手だ。

それが三体も来た。

彼らのお目当ては、そう、勇者たちの体から発する甘い匂いの元である。

ニタァ〜。

極上《ごくじょう》の獲物を見つけたように興奮するベアたち。

勇者たちは金縛《かなしば》りにあったかのように動きを止める。もし抵抗の意思を示せば、即座に食われてしまうかもしれない。

ベアらは「フゴフゴ」と匂いを嗅いで、お目当てのものに間違いないと判断し、勇者たちの体を舐め始めた。

ゾワワァァー。

勇者たちは恐怖と痛みに身をこわばらせ、されるがままに受け入れた。しばらくその状態が続き、ようやくベアは帰っていった。

そのとき木と木を繋いでいた縄がほどけ、勇者たちは地面に叩きつけられる。

彼らは這《は》いつくばりながら、うめき声を上げる。

「み、みみ、水。水を」

猛烈《もうれつ》な飢《う》えと渇《かわ》きが襲いかかる。刑を受けてからすでに数日経過している。

一番近い水場に向かうが、その距離は一キロ以上ある。


数時間かかり水場にたどり着いた。

悲劇《ひげき》はまだ終わらない。

上流で大雨があったようで、川の水は酷く濁《にご》っていた。

もし、水を浄化《じょうか》する技術を知っているユウキを追い出していなければ、彼らは汚れていない水を飲めたであろう。

もちろん、彼らにはそんな知識も技術もない。泥水《どろみず》であろうと飲まなければ死を待つしかないのだ。

ガブガブゴクゴク。

なんとか渇きは凌《しの》いだが――

グギュルルル～。

猛烈な腹痛に襲われてしまった。

それから出すものを出しきって、さらに衰弱《すいじゃく》してしまった彼らは空腹を満たそうとするも、どうしたらいいのかわからない。

彼らはそこらにあった食べられそうな植物、キノコなどを集め始める。せめて火で焼いてから食べたかったが、火をおこせないため生のまま食す。

しばらくして——

「グゲェエ～‼」

すべて嘔吐《おうと》してしまった。

それだけではなく、毒による中毒症状も起こしていた。

この世界の植物は毒性のものが多く、一見しただけではわからない。そういった知識は冒険者ギルドでお金を払って学べるのだが、勇者の誰一人として知らなかった。

全員がもがき苦しみ、のたうち回った。

だが、彼らは水辺の本当の恐ろしさを知らなかった。

水のある場所は多くの生命を育《はぐく》む一方で、狩る側も狩られる側も集まるのだ。

ワオォォ～ン。

甲高《かんだか》い獣の呼び声。ウルフである。

このぐらいのモンスターは食物連鎖《れんさ》の高い位置にいるわけではないが、群れをなして連携を取ってくれれば、かなりの脅威《きょうい》となる。

ウルフ数頭のグループが勇者たちを見つけ、じっくりと観察してくる。そして、勇者たちがかなり弱っているのを見て獲物だと判断した。

勇者たちの周りを取り囲むウルフたち。

「く、来るな！」

勇者たちは威嚇《いかく》するが、狙いを定めたウルフたちは退こうとはしない。

無我夢中で石を投げつける勇者たちに、ウルフたちが一気に距離を詰めて襲いかかる。

何度となく噛みつき、手傷を負わせていく。

――激闘《げきとう》の末、勇者たちは奇跡《きせき》的に生き長らえた。

深手を負わされ、まともに動くことさえできない彼らは、そのまま草を寝床にして何とか休むことにした。

第４章　ユウキの教え

正式にパーティとなった私、エリーゼはみんなと一緒に狩りを続けていました。

「そっち行ったよ！」

「はい！」

ユウキの傍《そば》にいると、彼の優秀さがわかります。

ユウキは私たちの装備をそろえてくれました。代金まで持ってくれるというのを断ろうとすると、彼は「必要経費だから」と言います。

戦闘や解体の際は、ユウキが考案したという道具を使わせてもらっていました。モンスターの足に絡みつかせる錘が付いた鎖、鉤《かぎ》が付いたロープ、解体用の道具などです。

そのほとんどが自作だそうで、便利なうえに使い方が簡単、非力な女性でも使えるという優れものでした。

狩りの手順も、ユウキが作ってくれました。

まずユウキが注意を引きつけて、モンスターをおびき出します。

こちらが有利な場所まで引っ張ると、取り囲んでモンスターの動きを止める。そして、そこを総攻撃するという簡単な手順です。

これなら私たちでも、安全にモンスターを狩れます。

そうして今まさに、一体のボアを引っ張り出していました。

私とリラの二人がボアの足に鎖を絡みつかせて転倒させます。重い鉛の塊が付いているため、獰猛なボアといえど簡単には身動きは取れません。

そこへ、フィーとミミの二人が短い槍で腹部に突き刺します。

その後は、ロープで木などに巻きつけるんですが、ボアがまだ抵抗してくるときもあるので、全員で頭部や腹部などを重点的に攻めて絶命させます。

「よし」

通常の数倍のスピードで、ボア一体を楽々に狩ってしまいました。

その簡単さに、倒した私たち自身が驚いてしまいます。

「相手が何を考えどう行動するかを考え、最適な装備を調えれば難しいわけではない。普通だとこんな装備は持ち運びが不便だけど、魔法のバッグという便利なものがあるのだから、有効活用しないと」

ユウキは笑いながら言いました。

ボアを中心に狩っていたけれど、鹿に似たシークというモンスターも狩りました。

シークはボアほど強いわけではありませんが、大量発生することがあって草木を荒らしてしまうので、討伐対象となっているそうです。

狩ったあとは、すぐさま内臓や汚物を掻き出します。

ユウキが貸してくれる道具のおかげで、解体作業はすごく簡単になりました。私はユウキから、「吊り上げくん1号」などを貸してもらいました。

「よっと」

「せぇの」

ユウキは三本の木をテント状に組み合わせて、真上を縄で縛り、獲物を吊り上げます。

一方、私たちは解体台を使って、教わった手順で獲物を吊り上げました。

ユウキと私たちの間には、埋められない技量の差がありました。いくら優れた道具があろうとも、それを使いこなせるかは、本人の経験が問われるのです。

ユウキは体の大きいボアを、私たちはシークを解体することになりました。

シークよりも、ボアのほうが換金額が高いのです。私たちの腕では素材をだめにしてしまう危険性があるので、腕前が上がるまではボアはお預けです。

シークでも解体技量があるかどうかで売却額が大きく変わるので気は抜けません。

吊り上がったシークの下に大きな桶を置いて、腹部を切り裂いて内臓などを一気に落とします。ドバババという音とともに内臓のすべてが落ちました。

　こちらは四人でしているのですが、やはり腕が未熟なので時間がかかってしまいます。

隣《となり》のユウキを見ると、もう毛皮の剥ぎ取りを終わり肉の取り外しをしていました。

　気持ちは焦りますが、「初心者は確実に手順を守れ」と言われています。なので慎重《しんちょう》にゆっくり進めます。無理に急いで、毛皮をボロボロにしたり肉を無駄にしたりすると、さらに換金額が下がるからです。

「ぐっ、この」

　リラが声を上げました。

　どうやら解体用のナイフがどこかに引っかかって、動かなくなったようです。無理に動かして抜こうとすると刃を傷めてしまうし、肉に余計な傷をつけてしまいます。

「やれやれ」

　ユウキが見かねて手を貸してくれました。肉に噛みついた刃を、簡単に抜いてしまいます。

「すみません」

「初心者にはよくあるミスだから」

　ユウキはもう解体をほぼ終えていました。私たちはまだシークの解体を半分くらいしか進めていないのに。

「レクチャーするからよく見て覚えて」

ユウキがシークの解体を解説してくれることになりました。

何もかも知り尽くしているというほどの解体技術を持つユウキは、次々と骨から肉を剥ぎ取っていきます。

手を貸しすぎると私たちの腕が上がらなくなるので、程々《ほどほど》で切り上げていきました。

あまりユウキの負担《ふたん》にならないように全員できることをしていますが、いつもおんぶに抱っこですね。

早く腕を磨かなければと思いますが、解体技術は一朝一夕《いっちょういっせき》でどうにかなることではないと理解しています。

とりあえず肉などは確保できました。


解体道具を仕舞った私たちは、森の中に入ります。

木の実やキノコ類などを採取することになりましたが、ここでもユウキはその能力を遺《い》憾《かん》なく発揮《はっき》しました。

「はい、これ」

「これは？」

「キノコを入れる籠《かご》とか、その他いろいろ」

「何で大きな葉っぱをいくつも入れているのですか？」

「キノコをそのまま籠に入れたら、互いにぶつかり合って形がグチャグチャになるんだ。そうならないためにね」

「なるほど」

「あと、地面に落ちてるのは虫食いがあったりするるし、木に生《な》ってるのも毒を持ってるのが多いから」

そういえば、私たちはそういう勉強をしていません。ごく当たり前の基本だけど、そんなお金すらなかったのです。

私はユウキに頭を下げて、正直《しょうじき》に話しました。

「そう、それでいいんだよ。知らないことは知らないとはっきりと言うこと」

知ったかぶりをしてあとで問題を起こすと、下手をすれば壊滅《かいめつ》する危険性もあるそうです。

できるできない、知っている知らない、そういうことはすぐさま言うべきとのこと。そうしたことがパーティにとって大事なのだから、とユウキは笑って受け入れてくれました。

ユウキにやり方を教わりながら採取を進めます。

ちなみに、ユウキはちゃんと冒険者ギルドで情報と知識を得ているそうです。彼の指示に従っていろいろと集めてみます。

「こっちは回復ポーションになる薬草で、こっちは……」

しっかりとした知識と経験を持っている人が一人いるだけで、かなり効率的に作業が進むのだと実感できました。

その後、冒険者ギルドに行って換金してもらいました。

手に入ったお金は予想よりだいぶ多めでした。でも、ユウキの受取額とはかなり差があります。これは仕方がないですね。

そして宿屋に戻ります。

「それでは、道具の使用代金などを引かせてもらうね」

「はい」

ユウキに貸してもらった道具の代金、解体を教えてもらった代金を引きます。

その金額は三割。これは高いわけではありません。

獲物の分け前をもらっていますし、授業代を考えればかなり低い金額でしょう。というか、私たちの装備代とか何だとかを考えれば、ユウキが赤字なのは間違いありません。

しっかりお金を計算してユウキに渡します。

ユウキはお金をちゃんと確認して、懐に入れました。

「今後のことを考えると、帳簿《ちょうぼ》を書いておかないと収支の合計がわからなくなるかも」

「帳簿ですか？」

驚いた。帳簿を書くことは、かなりの知識がないとできません。

ユウキは私たちに「文字の読み書きや、数字の計算ができるのか？」と問いかけてきますが、全員が首を横にフルフルします。

私もリラもフィーもミミも農家の出なので、そんなものは教えられていません。

授業料を払えば、こうしたことも教えてくれる冒険者ギルドですが、結構順番待ちが多いんですよね……

「面倒を見ると言ったから仕方がないか。リフィーアはそういったことは神殿で教えられているよね」

「はい」

「すまないけど、仲間の教師役として勉強を教えてあげて。これができないと、誰かに騙《だま》されるから」

「わかりました」

「帳簿はこっちでつける」

そんなふうに徐々にですが、必要なことを教えてくれる手筈《てはず》が整っていきました。

しかし、なんて面倒見の良い人なのでしょうか。普通では考えられません。そういったことは自力でするのが常識だからです。

私たちの自立の道を作ってくれるユウキに、ついていこうと誓《ちか》いました。

×　×　×

先生が二人となり、私たちも徐々に冒険者らしくなってきました。

ユウキから教えられた様々な素材を採取しています。

主に回復ポーションや解毒剤などの材料が多いですが、たまに食用となるキノコも見つかり、冒険者ギルドに持っていけばそこそこの値段になります。

素材の採取の際は、慎重に根元から採り、形が崩れないように注意を払います。時には、鋏《はさみ》や鎌などを使うこともあります。

「う～っ、腰が痛いよ」

「我慢しなさい、これも勉強です。仕事で手を抜くとお金が減りますよ」

「それはわかっているけど、地味すぎる」

「こういうのはもっと能力の低い人がやることでしょ」

フィーとミミが愚痴を言い出したので、私が軽く叱《しか》ります。

「では、何も知らないまま食べたりして苦痛で苦しみたいですか？　冒険中は満足な食事が毎日出されるわけではありませんよ。現地で食料をできるだけ調達する能力も必要なのです」

「わかってるよ」

「はーい」

口では「嫌だ」と言っていましたが、これも大事な勉強であり、お金を稼ぐ手段だと理解はしているようです。

冒険者というのは、華々《はなばな》しくモンスターを倒して大金を稼ぐというイメージが強いですが、こういう地道な活動を通して順位を上げている人も多数存在するのです。

とにかく、何にしてもユウキが頼りなのです。今は彼の指示に従い、経験を積むことが大事。実際、私たちはいつ路頭に迷ってもおかしくない状況なのですから。

肝心《かんじん》のユウキも、同じ仕事を黙々とこなしていました。


そうして日暮れまで森で採取をして、町に戻り冒険者ギルドで換金します。

「これが報酬です」

「はい」

重く大きな袋を渡されました。

「さっそくご飯を食べに行きましょう！　そうしましょう！」

リフィーアはすぐにでも飛び出していきそうな勢いです。そんな彼女をユウキはガシッと掴んで止めます。

「こらっ、それはあとで。今後の方針を決めることが先だよ」

ユウキはそう言うと、冒険者ギルドの建物の中にあるテーブル席に腰かけました。

リフィーアは「え〜っ！」と文句を言いますが、一応大事な話だと感じたようで不満げに座ります。私たちも座ることにしました。

「いきなり本題だけど……」

そうしてユウキが明言したのは、「この町を出ていくこと」でした。

「えっ、どうしてですか？」

全員が疑問に思ったようです。結構稼げているのに、なぜそんなことをするのだろうかと。

すると、ユウキが説明してくれます。

「生命は一つのサイクルで成《な》り立っている。何かを食し食されるという循環の輪《わ》、それに人も必ず入っている。今まではボアやシークという獲物がいた。けれど、それをかなり狩ったから、これ以上狩りを行うとそのサイクルが崩れてしまうかもしれない。最悪、外部からモンスターが入り込んでしまうと思うんだ」

つまり、外部から他の生息域のモンスターが入り込んで、何かしらの問題が起こってしまうのだと。

それくらいのことで、なんて言えません。

あくまで冒険者ギルドは、町や村を荒らすモンスターを駆除するために、討伐依頼を受けています。

モンスターだからといって乱獲《らんかく》すれば、空《あ》いた居場所に他のモンスターが居座《いすわ》るようになり、良くない状況が生まれてしまうかもしれません。

そうなる前に制限をかけ、命のサイクルを維持させる。

それも冒険者として大切な意識なのです。

よくよく考えてみると、私たちはかなりの数のボアやシークを狩ってきました。そういえば最近、それらを見つけることが難しくなっています。

もう稼げる分は稼いだので、他の場所に行くべきなのかもしれませんね。

「……というわけなんだ」

「なるほど」

この町での稼ぎは頭打ちであり、他の冒険者のこともあるので、もっと良い稼ぎ場へ移動するべきだと。

冷静に考えればその通りです。

「移動用に使えるお金には少し余裕があるけど、そこまでお金もあるわけじゃない。だから、できる限りモンスターが多くいる場所を選ぼうと思う」

——それで問題はないか？

ユウキにそう問われ、私たちは首を縦《たて》に振ります。

「それじゃ決まりだね」

椅子から立ち上がって、ギルド職員の所へ向かうユウキでしたが——

「う～っ、早くごはん～。ご・は・ん！　ご・は・ん！」

リフィーアがいつもの愚痴を言い出します。

「もう少し待ちましょう。私たちが今まで順調すぎるほどに稼げたのは、リーダーのユウキのおかげなんですから。その判断に従うべきですよ？」

立場的にどうかなと思いましたが、私がリフィーアをなだめました。すると、リラ、フィー、ミミが頷きながら言います。

「そうね、私たちだけじゃこうは上手くいかなかったのは間違いないですから」

「道具とか貸してもらわないと、獲物を倒してもどうにもならなかったかも」

「というか、全員女なのにそろって大食いとは。あまり良くないパーティですよね」

最後のミミの言葉に、全員がギクッとしました。

どういうわけか、パーティメンバーの全員が普通の人よりも格段に食べるんですよね。

食費は普通の倍は出さないといけないでしょう。

それが五人もいれば……頭痛の種だと思います。

それなのに、ユウキは何の文句も言いません。問題ないと思っているからなのでしょうが、普通なら甘い顔をせず、食事の量を減らしてしまうと思います。

全員まだ十代で、これまでの食生活が貧しかったので、とにかく食べるのが好きなんですよね。

そう考えているうちに、ユウキが戻ってきました。

「少し離れた町でモンスターの大量発生があって、冒険者を集めてるんだって」

場所はここより北の方角。どうやら他の冒険者ギルド支部にも応援要請《ようせい》が出ているらしく、馬車の運行もしているようです。

まだ全員9位に上がったばかり。不安はありますが、ユウキと一緒なら何とかなると思います。みんなそう判断し、行くことに決まりました。

この町とはお別れになるので、ギルド職員にそのことを伝えます。

「北の町に向かわれるのですね。あなたたちは順位以上にたくさん稼いでくれたので、ギルドとしては助かりました。お気をつけていってらっしゃいませ」

その日はちょっとだけ豪勢《ごうせい》な食事を取り、宿屋で眠りました。

翌朝、いつもより早い時間に起きました。

そして大急ぎで移動馬車に乗り、北へ出発します。目的の町までは十日ほどかかるそうです。

「お尻が痛いです」

「我慢して」

全員が馬車の座り心地《ごこち》の悪さに愚痴を言います。

「もっといい馬車に乗りたかったです」

「だめ。ギルド運行の馬車だけど、使えるお金が限られてるしね。てか、たかが9位ごときが立派な馬車を要求したら、見栄えだけの馬鹿って陰口《かげぐち》を言われるよ」

金額を考えれば、これでも仕方がないと……

布団もあまり綺麗ではなくて不満を覚えましたが、これも我慢するしかないようです。

(北の町に着いたら、絶対誰よりも稼いで良い暮らしをしよう！)

全員の考えが一致します。もちろん順位も上げたいですね。


問題らしい問題も起きず、北の町に到着しました。

さっそく冒険者ギルド支部まで向かいます。

「いらっしゃいませ。本日はどのようなご用件でしょうか」

「モンスター大量発生の報告を聞いてきたのですが」

「オオッ！　募集していたのですが、あまり集まりが良くなくて。低順位の方でも来ていただけてありがたいです！」

ギルド職員は嬉しそうです。

「どれがメインですか？」

職員が聞いてきた「メイン」とは、どのような形でギルドに貢献するかということです。モンスターをひたすら倒す方もいれば、解体作業に従事《じゅうじ》したり、後方で料理を作ったりと様々に分かれるのです。

今回みたいな大規模な討伐では、味方の同士討《う》ち回避や状況の把握などのため、どれを行うのか先に言っておく必要があるとのことでした。

「結構何でもできる」

「わかりました。それでは職員を一人専属としてつけますので、お待ちくださいませ」

別の担当職員がやって来ると、さっそくユウキは尋ねます。

「今どのような状況ですか？」

「広範囲にわたって、モンスターが群れを形成しています。町在住の冒険者が頑張っていますが、状況は厳しいです。飛行モンスターの存在も確認されています」

とにかく急ぎで、排除に加わってほしいとのことでした。なかなか切羽詰《せっぱつ》まった感じのようです。

「みんな、行くよ」

「「「「はい！」」」」

座面が硬くて狭い馬車での移動に、みんな飽《あ》き飽きしていたのでしょう。全員、いつも以上にやる気満々でした。

手近な場所まで行くと、そこらじゅうにモンスターがいました。

「どうしますか？」

「規模が大きすぎるな。群れからはぐれたのを引っ張ってきたいけど、それも難しそうだ」

ユウキは一体でも釣ろうとすると、群れごと向かってくる危険性があると判断しました。

「エリーゼ、短時間でもいいから拘束《こうそく》する魔法とか使える？」

「すみません。無理ですね」

使えればかなり有効な手段だったそうですが、修業《しゅぎょう》不足のためまだ使うことができませんでした。

「……仕方がないか」

するとユウキは懐から何かを取り出す。

二つの合わせ貝の中に、嫌な色をした物体が入っている。

「それは？」

「毒薬」

「「「えっ？」」」

まさかそんなものを使うのでしょうか。

「安心してよ。即効性はあるけど、あとには残らない微弱な毒だから。狙う部分と量を間違えなければ大丈夫」

ユウキはそれを鏃《やじり》に塗った矢を、三十本ばかり用意しました。

「いつでも攻めかかれる用意をしておいて。毒の効果時間はさほど長くないから」

「「「「はい！」」」」

嫌な予感もしますが、このままでは報酬がなくなります。私たちは、ユウキを信じることにしました。

ユウキは毒薬を塗った矢を慎重に扱い、そして標的に向かって矢をつがえます。

ビシュン！

風を切る音とともに矢は標的に向かい、見事ボアの頭部に直撃しました。

ボアは動き出そうとしますが――

「ブギーッ！」

一瞬だけ痙攣《けいれん》し、ドスーンと横倒しになりました。

その後、ユウキは全部の矢を頭部に命中させ、ビクビクと体を震わせるボア三十頭の山ができ上がりました。

「ほら、さっさと止《とど》めを刺しに行くよ」

「は、はい！」

全員でボアのもとまで行き、矢を引っこ抜いてから止《とど》めを刺します。

そして、すぐに解体道具を取り出し、内臓などを掻き出しました。解体しつつ毒のことが心配になります。

「これ、本当に大丈夫なのですか？」

「安心して。効果のほどは前に何度となく確認しているから」

ニッコリと笑うユウキですが……

ちなみに、モンスター相手に毒薬を使うことは悪い選択ではないそうです。場合によっては、それ以外の方法がないときもあるとのこと。

それでも、体内に毒が残ったら食用に使えなくなるような気がします。

「毒薬を使ったことを話さないように……」

ユウキは怖《こわ》い笑顔をして、私たちの口を封《ふう》じました。

その後も、同じことを繰り返していきました。

ボアやシークは毒薬を塗った矢で動けなくなるので、あとは始末をつければいいだけの単純な作業でした。

倒した数は八十頭近くにもなり、全員の魔法のバッグはいっぱいになりました。

「あ、もう入らないか」

「はい」

狩り終了の時間です。

冒険者ギルドへ向かい、ボアなどを鑑定してもらいます。

「……」

沈黙が怖いです。

しばらく職員は鑑定し――

「ギルド支部長の所まで行きます。ついてきなさい」

やはり、ばれてしまったのでしょうか。

ギルド支部長の私室に向かいます。

「初めまして。僕がこの町のギルド支部長エーリッヒです。よろしく」

見た目は爽やかで、イケメンの若い男性でした。物腰は柔らかく、好感の持てる人物です。

エーリッヒさんが職員に話しかけます。

「さて、職員さん。僕がなぜ会わないといけないのかな？」

「持ち込まれたボアのことです。実は……」

コソコソと話す職員とエーリッヒさん。

これは、あまり良くない展開ではないでしょうか。

「……であり……で……なのです」

エーリッヒさんはフムフムと頷いています。

「そうなのか、よくわかったよ」

そして「この問題は、こちらで預かる」と言うと、職員は部屋から出ていきました。

エーリッヒさんがユウキに話しかけます。

「ユウキ……君といったね？ もしかして勇者のパーティの？」

「元が付きます。今は離脱し、新しいパーティを組んでいますので」

「フフッ、そうか。君がそうなのか」

エーリッヒさんは笑顔のまま。それが逆に怖いです。

「君は非常に面白いものを使って、モンスターを倒したね」

ヤバイ！ この様子ではすでにわかっている様子です。

「ああ、それについては咎《とが》めようとは思ってないから安心してくれ。何しろ今この町ではモンスターの大量発生で冒険者が不足している。他の町からも応援を呼んでいるのだが、いかんせん他も手いっぱいなんだ。一人でも人手が欲しい」

さらに、エーリッヒさんは続けます。

「より安全で、より確実にモンスターを倒せる方法があるのなら、我々も率先《そっせん》して使いたい。そう、あの頭部の矢傷の跡《あと》のもののように」

「!?」

やっぱり、ばれちゃってるじゃないですか!?

「今日は、窓口のギルドの職員が優秀な子で助かったよ。彼女でなければ、ただ討伐したとしか判断できなかっただろうし」

「……何を要求されるのですか?」

ユウキが尋ねると、エーリッヒさんは笑みを浮かべます。

「理解が早いねぇ、さすが各方面から絶大《ぜつだい》な信頼を置かれているだけはある。単刀直入に言うと、それと同じものが欲しいのさ」

ユウキが使った毒薬が?

「とっても不思議な毒薬だねぇ。毒は局所に留まり、他の部位に広がっていない。実に興味深い。それ、まだ持ってるはずだよね?」

ユウキは無言で、先ほどと同じものを出しました。

エーリッヒさんは貝をずらして、中身をしげしげと確認します。

「僕も薬師《くすし》だから結構な数の毒薬を見てきたけど、こんなのは見たことも聞いたこともないよ。単純に強力な毒かとも考えたけど、複雑に配合されて作っているんだね。すまないけど、これは預かってもいいかな?」

「いいですよ。まだ在庫はありますので」

ユウキは淡々と返答しました。

でも、肉に残った毒は本当に大丈夫なんでしょうか。

「これは、ギルド随一《ずいいち》の薬師である僕が預かる。ああ、この毒を使っての狩りは何の問題もないと断言させてもらうよ。使っている量は従来の毒薬の何百分の一だしね」

エーリッヒさんはレシピを教えてほしいと頼みましたが、ユウキは拒否をします。

「よほど薬学に長けていないと、身を滅ぼしますので」

「仕方がないね。これを他の冒険者にも提供できるなら、狩りはもっと楽になるんだけど」

軽く笑うエーリッヒさんと、表情を隠すユウキ。

「ともかくこの町は今緊急《きんきゅう》事態なんだ。報酬は厚くするし、良い冒険者なら優遇《ゆうぐう》もするよ」

「わかりました」

こうして私たちは、エーリッヒさんの部屋をあとにしました。

その直後——

「……あのユウキがまさかこんな場所に来てくれるなんて。急いで報告しないと。囲い込みもしないとね」

エーリッヒさんは、何か独《ひと》り言《ごと》を言っていたようでした。

×　×　×

僕、ユウキはボアやシークの解体をしようと、ギルドの倉庫を借りたのだが――

「あなたたちは誰ですか」

多数の人々が集まっていた。

なぜ集まったのか聞くと、解体作業を見たいからだそうだ。なぜ僕の解体のことが知られているのだろうか。

「説明している手間はかけられないから、見るだけだね」

「はい！　噂に名高い解体師の技術を目の前で見られるのです。邪魔はいたしません」

どういうわけか、噂がすでに広まっているらしい。

しかし、こんなに大人数が来て良いのだろうか？　モンスターの討伐にはまだまだ人手が足りないはずだけど。

今はまず解体に集中するか。

僕とリフィーア、エリーゼたちというふうに二手《ふたて》に分かれて、それぞれ道具を取り出す。

三本の太めの木の棒を上で組み合わせて縛る僕。エリーゼたちはL字のパーツを組み合わせていく。

「なんだあれ？」

「どうする気？」

「不思議な道具？」

いろいろと声が飛び交う。

狩ってきただけで、内臓を取り除いてないものから始める。頭部にフックをかけて、ロープで一気に吊り上げた。

「「「オオッ！」」」

歓声が上がるが、一々反応しない。

リフィーアと一緒に大きな桶を持ち、吊り上げた魔物の下に置く。

内臓が確実に下に落ちるようにお尻に細工《さいく》をし、顎《あご》の下のあたりにナイフを突き刺して、そのまま下まで一気に裂いていく。

ドバババ。

内臓やら汚物やらが落ちる。

「「「すげえ！」」」

あぁもう、気が散るな。

リフィーアに綺麗な布を用意するようにお願いする。切り分けた部位が汚れないようにするためだ。

エリーゼたちは吊り上げ台をまだ組み立てていた。

獲物にかけるフックは二箇所。吊り上げたときに不安定にならないように計算し、獲物の真上に来るようにする。

ロープを滑車に通し、片側の皿に鉛の錘を置いていく。

重さをしっかりと把握して載せなければ上手くいかない。エリーゼたちにはそのことを確認させてあるので手順をしっかり守っている。

エリーゼたちのボアも、僕たちのボアと同じくらいの高さまで持ち上がる。

そうして同じ手順でお尻に細工をして、同じように大きな桶を真下に置いてから、腹を割《さ》いて内臓などを落とす。

「「「うへぇ！」」」

エリーゼたちはまだ慣れてないみたいだな。

では、こっちの作業に戻ろう。

リフィーアと二人がかりで桶を移動させる。外だと埋めるしかないが、こういう施設では専用の汚物入れがあるのでありがたい。

獲物の前足と後ろ足の先に切れ目を入れ、中央に向かって一直線に引く。そうしてから肉と皮の切れ目に薄く鋭《するど》いナイフを入れ、毛皮を剥ぎにかかる。

ザクザク。

徐々に毛皮が剥がれていく。

手を休めずに続けていると、大きく立派な毛皮が取れた。

「「「すげえっ！」」」

大声で叫ぶ、その他大勢。

いつもやってる仕事なのだが、どうも外野が騒がしい。

よくよく周囲を見渡してみると……ここには皮をなめす道具が多数あった。

久しぶりにやるか。


「「「じ〜っ」」」


いやいや、視線が痛いよ。

皮を高く売るための処置を施《ほどこ》そうとしているだけなのだが、そのキラキラした目をどうにかしてほしい。

「この人たちは?」

「彼らは、そのぉ……」

近くにいた女性のギルド職員に問うと、彼女はか細い声で説明してくれた。

彼らは、素材の加工職人の見習いだという。

毛皮をなめして加工したり、肉を塩漬けや燻製《くんせい》にしたり、角や骨などでアクセサリーを作ったりしているらしい。

そんな彼らが、僕の作業に見入《みい》っているのには理由があった。

「解体を学ぶ実習用の教材が足りないので行き詰《づま》っている、というところか」

「そうです」

解体技術はギルドで学べるのだが、実際にモンスターを解体する機会がないらしい。つまり、彼らは実際にやらせてほしいと思っているようだった。

僕は平然と承諾する。

「いいよ。あと、冒険者ギルド職員も呼んできて。手伝える人は多いほうがいいから」

「ありがとうございます！」

見習いの子がすぐさま駆け出していく。

しばらくして見習いの子は、冒険者ギルドでも解体技術に優れた人材をたくさん連れてきてくれた。

僕は、手持ちのモンスターの死体を出せるだけ出す。

見習いの子たちに解体を任せることにしたのだ。この子たちの仕事しだいで、買い取り額が上下するだろう。

ちなみに、ボア二頭とシーク一頭だけは魔法のバッグに残してある。そうしないと、うちの大食い娘たちの食事分がなくなってしまうからだ。

彼らの解体作業をしばらく見ていたが——

「どうにも効率が悪いなぁ」

教科書でも見ながらやっているかのようだった。

とにかく手の進みが遅い。エリーゼたちも手際のいいほうではなかったが、その何分の一かと思うぐらいに遅かった。

下手なわけでも、手を抜いてるわけでもないんだろうが。

それに、何でもかんでも小さく切り分けてしまっていた。大きく取れる部位は、大きいほうが良いと決まっているのに。

「はぁ……」

僕はため息をつく。

そうやって壁際《かべぎわ》で、見習いの子たちの仕事を眺めていると、エーリッヒ支部長が現れた。

「手の進みが遅いと感じていますね？」

「……そうだね」

「腕を考えれば、もっと早く仕事は終わってもいいはずだと？」

「……否定はしない」

「ですが、その意識改革は容易ではない」

「……難しいよね」

「そうですね、難しいです」

エーリッヒ支部長も同じ考えのようだ。

「見習いとはいえ、職人というのは頑固者《がんこもの》ですから」

「ふ〜ん」

「あなたがどこから来たのか詳《くわ》しくは聞きませんが……あなたのように素早く、それでいて上手に解体できる人なんて、当ギルドにはいませんから」

エーリッヒ支部長の妙な言い方が気になり、僕は尋ねる。

「ところで、僕のことはどこまで調べたの？」

「どこまででしょうかね？」

エーリッヒ支部長は腹に一物《いちもつ》ある人物のようだ。警戒しておくとしよう。

すると、彼はわざとらしく話題を変える。

「しかし、あの器具は面白いですねぇ」

あの器具とは、エリーゼたちに貸している吊り上げ台のことだろう。

先ほどエーリッヒ支部長は、解体を終えたエリーゼたちに近づき、吊り上げ台を熱心に調べていた。

「あなたが作ったのですね？」

「そうです」

「ほうほう。ならば……」

どうせ作りたいとでも言うのだろうと思い、僕は先に否定しておく。

「あの吊り上げ台を作るのは、たぶん不可能だよ」

「なぜですかな?」

「数箇所、見ただけじゃ絶対に理解できない工夫がある」

前の世界の技術を用《もち》い、試行錯誤《しこうさくご》しながら数ヶ月かかって完成させたのだ。しかも誰にも見られないようにして。

「ほう、独占《どくせん》技術ですか?」

「そんなところかな」

僕がそう答えたのが嬉しいのか、なぜかエーリッヒ支部長は笑った。彼はそのまま部屋へ戻っていった。

冒険者ギルドに、先ほど加工職人の見習いを駆使《くし》して、まとめて売りさばいた素材の代金をもらいに行く。

「どのくらいの金額になるのでしょうかね」

リフィーアは心配そうにしてるけど、僕は大金を得ることを確信していた。

「これが依頼の報酬と、素材の買い取り金です」

僕の目の前に、お金の山が積み上がっていく。

えっと、銀製のプレートが……二十五枚かよ!

緊急の依頼だったので、ある程度高額になるかなと予想はしていたけど、ボアやシークが品不足だったのも相俟《あいま》って相当な金額に達したようだ。

なかなか儲《もう》けられたな。

「それじゃ、宿を探して明日以降の狩りに備えよう」

「はい」

もう日暮れなので宿を探す。風呂やトイレ付きの大部屋でいいだろう。宿を長めの日数予約して、食事を取ることにした。


食堂に入ると、すぐさま全員が大量の注文をする。

さっそく料理が運ばれてきた。

「いただきます」

「「「「いただきま～す」」」」

僕もしっかりと体を作るため、普通の人よりは多めに食べるが……彼女らはその倍以上に食べまくっていた。

ガツガツと皿の料理を胃袋に入れていく。

「おかわり！」

テーブルいっぱいの料理だけでは足りず、追加の注文まで飛び出す。

はぁ……全員十代だから食べ盛《ざか》りなのは仕方ないけど、どこにそんな量入るんだ？　異世界では大食いが基本なのだろうか？

　リフィーアたちはひたすら食べて満足したようだ。

「はぁ……幸せです」

　全員、満面の笑みを浮かべている。

　とりあえず腹は満たせたようだし、僕はみんなに提案する。

「食い終わったなら、必要な道具を買いに行くよ」

　回復用のポーションとか、その他いろいろな道具が欲しかった。買うべきもののリストを作ってあるし、さっそく行こうとすると――

「「「「え～っ！」」」」

　全員が不満げな声を出した。

　お腹いっぱいで動きたくないらしい。

「あのさ、今回の狩りで誰が一番稼いだのか考えてみてよ」

「うっ！」

　ほとんど僕一人で倒したのだから、僕に発言権があるのは当然だろう。

　そんなことがありながら、食堂をあとにしてお店にやって来る。

「回復ポーションに、解毒剤に、矢に、投擲《とうてき》用の槍に……」

補充《ほじゅう》しなければいけないものはたくさんあった。

討伐で随分稼いだとはいえ、資金は常にカツカツだ。何とかやりくりしているが、この大食い女集団をどうにかするには、とにかく働くしかないだろうな。

食費は、うちのパーティ最大の悩みのタネだ。

「そうだ。服も買わないと」

彼女らは、最初の頃の服しか持っていなかった。

狩りをするときはそれでいいが、休みのときに着る服もずっと一緒というのは可哀想《かわいそう》だ。

あと、下着も必要だと思う。

そう考えて、服屋に行くことにした。

「いらっしゃいませ」

「ほら、服を選んで」

戸惑《とまど》うエリーゼたちに、「服は三着まで、下着もちゃんとサイズ確認をして買え」と伝えて店内を見て回るように促す。

「いいのですか?」

「いいから。でも絹《きぬ》の服はだめ。贅沢するお金はないから」

エリーゼたちは喜んで服を選び始めた。

女の人は買い物に時間がかかる。なので、気長《きなが》に待つことにした。

「ユウキは服を買わないのですか？」

ぼうっとしていたら、エリーゼが尋ねてきた。

そういえば僕もほとんど服を持っていなかった。今着てるのは何度も縫《ぬ》い直しをしていて、結構みすぼらしい。お金にもそのくらいの余裕があるので、買うことにしようかな。

丈夫で長持ちしそうな服を選んでみたら――

「もう少し見栄えがいいのを選んでください」

エリーゼに怒られてしまった。

ともかく、こんな買い物の時間が幸せに感じられた。

予定より随分時間がかかってしまったけど、服の買い物が終わり、装備や道具などの購入も終わった。


宿に戻ると――

「ユウキは女性に興味がないのですか？」

「はい？」

エリーゼが訳のわからないことを言い出した。

「いきなり何なの？」

何でそんなことを言い出したのか問いただす。

「ユウキは、私たちの面倒を見すぎていて、いつだって献身的《けんしんてき》すぎます。何か裏があるのかと思いまして」

エリーゼの後ろには、リラ、フィー、ミミもいた。

「そうだな。一刻も早く戦力になってほしいと考えているな」

こっちには明確な打算があると説明したが――エリーゼたちが聞きたかったのは、そういうことじゃなかったようだ。

「……本当にそれだけですか？」

リフィーアが怪しむように聞いてくる。

何か、嫌な質問をされているな。

そういえば、いわゆる恋愛トークみたいなのはしたことなかったな。

全員ほとんど年は変わらない。その手の知識とかもあるんだろう。

男が僕だけなので、普通ならば手を出してもおかしくはない。それにかかわらず明らかに避け続けていたので、逆におかしいと感じたようだった。

「それで？」

「だからなぜ、避けるのですか」

「面倒だから」

「答えになっていませんよ」

「あ～、適度に興味はある、かな？」

「何で疑問系なのですか？」

肝心の部分をぼかそうとすると、全員一致で食いついてくる。いや、何も問題が起こらないならそれでいいでしょ。

するとリフィーアが激しく尋問してくる。

「女ではなく、男のほうに興味があるとか？」

「普通に女だし」

「ならどうして避けるのですか？」

「間違うといけないから」

「何を間違うと？」

「その、まぁ」

いつもならここで話は終わるのだが――今日はどういうわけか、追及《ついきゅう》の手を緩《ゆる》めてくれない。

「……例えば、子供ができると困る」

「避妊薬《ひにんやく》を飲めばいいでしょう？」

めちゃくちゃな話になってしまった。

僕は逃げるように言う。

「何の利益もない話だし、もう終わりにしよう」

「利益がないのは、ユウキだけです」

「というか、何でこんな話をしないといけないの」

「……それは、ユウキがこの上なく魅力的《みりょくてき》だからです」

いや、魅力ねぇ……。

顔立ちもそこそこだし、健康くらいは自信があるが、それ以上良いところなんてないと思う。

「どこが？」

「単純明快《たんじゅんめいかい》に稼ぐ金です」

その答えもどうかと思うんだけど、この世界の女性は前の世界以上に、極端に現金主義なところがあったりする。

「冒険者なんて明日死んでもおかしくないのに」

「確かにその通りですが、ユウキはその気になれば、人生を遊んで暮らせる立場になれると評価されている。そう聞いてます」

いやいや何だよその評価、誰から聞いたんだよ。

「そんな噂、嘘だよ」

「冒険者ギルド関係者から、その噂が嘘ではないと断言されています。聞きましたよ？

関係を結びたいと言う女性が多くいると」

どうやら僕が知らない間に、何者かがリフィーアたちに入れ知恵したようだな。

「……」

「沈黙は肯定《こうてい》と受け取ります」

どうやら僕の敗北だ。

「降参《こうさん》するよ」

全員が歓喜《かんき》の声を上げる。

「よし、ユウキに将来を養ってもらいます！」

彼女ら全員は、もうこの路線で決定のようだ。そういうつもりのパーティじゃなかったのにな。

「じゃあ、明日から避妊薬を呑んでくださいね」

僕は、少しばかり未来のことが不安になった。

第5章　勇者との因縁《いんねん》

リフィーアやエリーゼたちに押しきられ、将来を約束させられた僕、ユウキ。

そんな出来事からしばらく経ったある日。

「ユウキ様ですね。すみませんが、お時間よろしいでしょうか」

ギルド職員が僕を呼んだ。

普通、ギルド職員が冒険者を呼ぶときに「様」は付けない。たまに「殿」を付けたりすることはあるが、「様」は主に貴族階級に使う敬称《けいしょう》だ。

僕は嫌な予感を覚えつつ返答する。

「急ぎ？」

「はい」

他の仲間は呼ばず、一人だけで来てほしいと言われる。

さっそくギルド支部長の部屋に案内された。

「すまないねぇ、急いで来てもらって」

エーリッヒ支部長の隣には、会ったこともない女性がいた。

僕は不審《ふしん》げに尋ねる。

「ご用件は何なのでしょうか？」

「そうだね。時間も惜《お》しいし本題に入ろうか」

エーリッヒ支部長がそう口にすると、隣にいた女性が挨拶する。

「初めまして。私はユンファ・リグストリア。技術男爵《だんしゃく》として仕事をいただいている、ギルドの技術者よ。あなたが噂のユウキね。会うことができてとても嬉しいわ」

この世界では、貴族は高貴《こうき》な血筋の者に限らない。

社会への貢献が認められれば爵位《しゃくい》をいただくことができ、貴族を名乗れるようになるのだ。

また能力や特技に応じて頭文字が付き、「冒険」や「技術」や「領主」といったものが爵位の上に付いたりする。

技術男爵であるという、この女性が何の目的でここにいるのか、僕にも大体わかってきた。

ユンファと名乗った女性が笑みを浮かべながら告げる。

「例の器具、見せてもらえないかしら？」

「例の器具、ですか」

「あれですわ。獲物の頭部にフックを引っかけて一直線に吊り上げるという」

……やっぱりか。

エーリッヒ支部長が差し向けたのだろう。

「他にも腕の立つ技術者や職人を数人連れてきていますから」

「わかりました」


それから倉庫へ案内された僕は、「吊り上げくん1号」を取り出す。そして、その場ですぐに組み立てた。

「ほう、これが噂の器具か！」

技術者や職人たちが興味津々に調べ始める。

「どのように使うのですか？」

僕が、基本的な使い方を説明すると、技術者や職人たちが群《むら》がるように尋ねてきた。

「なぜ大部分が木材でできている？」

「金属を使えばいいはずだ！」

「どうして壊れない？」

僕は技術者や職人たちを落ち着かせつつ、淡々と答える。

「費用を抑《おさ》えたかったのと、持ち運びやすさを考えて木材にしました。壊れないのはいくつか工夫があるためです」

「なぜ、変な形なのだ？」

「魔法のバッグにもすんなり入るサイズにしたくて。なので、分割できるようにしました」

「角にある不思議な形の鉄の車輪《しゃりん》は？」

「それは滑車と言います。そこにロープを通して使用します」

材質や外観《がいかん》の特徴について質問され、僕はすべて簡潔《かんけつ》に答えた。

優秀そうな技術者が真面目《まじめ》な顔で言う。

「ふむぅ……外見的な特徴はわかったし、使い方も理解できた。だが、いくら考えても理解できない所がある」

「何でしょうか？」

「角の部分だ。ここがどうなっているのかわからんのだ。木材を組み合わせているようにしか見えないが、強度が随分と高そうだ。どうしてボアの重量に耐えきれるのだ？」

「では、見本を出します」

僕は角の見本を使って、説明することにした。

「角には特殊な工夫が施されています。まず角の滑車についてです。これには鉄の部品が付いてるのですが、木材を掴んで離さないようにできています」

「なぜこのようにしてあるのですか？」

「重量のある獲物を扱ってもスッポ抜けないようにするためです。吊り上げた獲物を支えるため、強力に引っかかるようにしているのです」

「なるほど。それはわかったが、この角の形はどうなっているのだ？」

「この木材の模型《もけい》を使えば、わかりやすいです」

そうして僕は小さな木材を見せた。

L字の部分だけをわかりやすくしたものだ。

「これは？」

「簡単な模型です。どこでどう繋がっているのか、考えてみてください」

技術者や職人たちがその模型を手に取って調べ出す。しかし、誰一人その仕組がわかった者はいなかった。

続いて、僕はそれをバラバラにしたのを出す。

「これらはすべて木材だけでできています。ただし形が特殊で、上手く組み合わせると、固いL字形になるのです」

木材を組み合わせることで強度を高める、ちょっと珍しい技術だ。

技術者の一人が疑問を口にする。

「確かにすごいが、釘《くぎ》を使うほうが簡単ではないか?」

「釘は便利ですが、木材の寿命を短くしてしまうんですよ。なので、こうした技術を使いました」

僕の説明を聞いて、全員が唸《うな》っていた。

「だが、まだ説明できない部分があるぞ」

先ほどの技術者が再び尋ねてくる。

彼が言うには、問題は木材の芯《しん》となる部分とそれを結合させるときに使う接着剤、とのことだった。

「では、また見本を出します」

僕が取り出したのは、真ん中に溝がある太い木材二本、太い鋼鉄の棒が一本、そして小さな木の板を接着剤で合わせたものだ。

「心棒には、鋼鉄の棒を使っています」

「それを木材で挟んでいるのだな。だが、分解の危険はあるぞ」

僕は見本に出した板を彼に手渡して、引き剥がせるか試《ため》してもらう。その後、何人にも挑戦してもらったが、板はビクともしなかった。

「ただの接着剤ではありえない結合力だな」

「そうですね」

「この接着剤はどうやって作ったのですか？」

「もう現物がないんですよ」

そう言って僕は、接着剤の作り方を記したレシピを渡す。

中身を確認した技術者が感嘆の声を上げた。

「こんな材料まで使うのか？　植物から成分を抽出《ちゅうしゅつ》するだけでなく、獣の由来の成分まで混合し、長期間劣化《れっか》しないようにしてあるとは！」

その場にいた全員が驚いていた。

技術者と職人たちが、僕に群がってくる。

「これを全部売っていただきたい！」

「う〜ん。残念だけど、今あるやつしかないんです」

設計図と一部のパーツだけは用意してあったので、仕方がなくそれら全部を売ることにした。

「値段がつけられないほど貴重なものを売っていただき、感謝いたしますわ」

倉庫から戻ってくると、ユンファさんが頭を下げてきた。

彼女はさらに告げる。

「この道具は、当冒険者ギルド最大の発明となるでしょうね。これがあれば、従来の解体技術が向上するだけでなく、様々な分野にも応用が利きそうです」

それからユンファさんは、この器具のすべてを僕の功績とすることを保証してくれた。

また大量生産できた際には、その販売額の一部を僕に納めることまで約束した。

「さぁ、大急ぎですわ！　これを一刻も早く製造し、冒険者ギルドの独占商品として売り出しますからね！」

ユンファさんは大急ぎで帰っていった。

ともかく損な話にならなかったことに安堵し、僕が宿に帰ろうとすると――

「待ってください。用事はまだ終わってません」

エーリッヒ支部長に呼び止められる。

「まだお願いがありまして……」

それから彼は言いにくそうにしながらも、大胆にお願いしてきた。

「今度は、料理を教えてほしいんですよ」

「はい？」

一瞬、意味がわからなかった。

僕は前の世界で、和洋中の料理の基礎を覚えただけに過ぎない。料理が得意とも言えない僕に、そんなことを望む意味が理解できなかったのだ。

「意味がわからない……そんな顔をしてますねぇ」

「ええ」

なぜ料理を教えるのかと尋ねると、エーリッヒ支部長は説明しだした。

「冒険者ギルドは、冒険者の生活の質の向上のため、料理の研究も行っているんですよ」

「それとこれと何の関係が？」

「冒険の際によく携行《けいこう》されるのが、硬い黒パンと塩辛い干《ほ》し肉と水。そんな偏《かたよ》った食事では不十分なので、何とか料理の重要性を教えてあげたいんです」

「現地で作れる料理ってことですよね？」

「そうです」

こちらの世界の料理に、それほど凝《こ》ったものがないのはすでに確認済みだった。

だからこそ、工夫をしようとすればいくらでもできる。

これも乗りかかった船だと思い、僕は料理を教えることを引き受けた。

×　×　×

「先生、本日はよろしくお願いします！」

集まったのは、年齢も性別もバラバラの人たち。ただし、料理人を志《こころざ》している者たちで間違いないようだ。

人数制限はしなかったが、ここまで多く来るとは。

全員エプロンをして、髪が乱れないように三角の布で頭をまとめていた。

もちろん、僕も同じ格好である。

「さて、本日教えるのは……」

小麦粉を使った料理、すいとん。肉を煮込《にこ》んで濃《こ》いめに味付けした、煮込み。米を油と野菜で炒《いた》めた、チャーハンだ。

何しろ、道具も材料も調味料もほとんどなかった。

冒険に出た先というのを想定したんだけど、この世界自体が料理することに対して意識が低いのも事実だった。

そんな状況なので、塩のみで味付けができる簡単な料理を選んだ。

まず、肉の煮込みから取りかかる。

味が染《し》み込みやすくするため肉を軽く叩き、塩を満遍《まんべん》なく振ってから、ロール状に糸で縛っていく。それを鍋に入れて、じゃがいもやにんじんと一緒に煮込む。

すいとんは、丸い団子形だと微妙《びみょう》に味が染みにくいので平《ひら》べったくした。こっちの鍋には様々な葉物野菜を入れる。

チャーハンは細かく刻《きざ》んだ野菜と炊《た》いた米を、大きな鍋で強火で一気に炒める。なおタイ米に近い米があったのでそれを使っている。

こうして料理が完成した。

僕には馴染《なじ》み深い味だが、参加者にとっては得体の知れない料理だろう。なぜか皆緊張しており、ただ押し黙っている人、じっと見る人、匂いを確かめる人などもいた。

さっそく僕が味見がてら食べてみる。

うん、結構いけるな。

続いて、若い女性三人がそれぞれ口に運ぶ。

「「「すっごく美味しい！」」」

それをきっかけに、参加者みんなが手を出していく。

「こんな味と食感初めて」

「肉と野菜の旨みが……」

「なんで？　こんなに簡単なのに」

未知の味に大喜びして、みんな食べていく。

かなり大きな皿を用意してあったので結構な量を作ったのだが、どんどんと参加者の胃袋の中へと消えていった。

いつも思うけど、こちらの世界の人は全員痩《や》せ型の大食いなんだよなぁ。どういうわけか、たくさん食べるのに太らないという羨《うらや》ましい属性を持っている。

そもそもみんな食いしん坊なのに、どうして料理が発展しないのだろうか。

僕は、料理の残りがあと半分くらいになったところで止める。

「よし、そこまで！」

「え？」

食べたい気持ちはわかるが、それでは今回の意味がなくなる。

僕は参加者に向かって言う。

「味はもう全員わかっただろう。ここからは、僕がやって見せた手順通りに料理してもらい、食べてもらった料理の味を再現してもらう！」

「うっ！」

「ほら、必要な材料とかはあるから、ここからは自分らでやるように」

「え？　教えてもらえないのですか？」

全員困ったような顔をしていた。

僕は厳しい顔を作ると、参加者に向かって言う。

「料理人にとって料理は、お金に代えられない財産なんだ。料理とは教えられるのではなく、盗むもの。さっき見せた料理の作り方は絶対に忘れないこと。時には鍋の端《はし》っこに残っているスープを舐め取ってでも、味を舌に覚えさせろ！」

厳しいようだが、ここからは彼ら自身で進んでもらうしかない。

「残ってる見本はあとでギルド職員とかに配るからここまでだ！　さぁ、材料とか調理方法とかは全部見せたんだから、さっさと始めろ！」

「は！　はぃぃぃ～！」

僕は全員を叱咤《しった》した。

これでできるようになる人、何人いるかなぁ。


「そういうわけですから」

エーリッヒ支部長に、仕事が終わったことを伝える。

彼は頭を抱えていた。

「一度だけ作るところを見せ、味見させせ、それで再現しろとは……少し難しすぎませんか？」

「手厳しいとは思いますが、こういう方法を取らなければ、彼らはいつまで経っても一人前にはなりません」

とにかく、覚悟みたいなのが必要なのだ。

僕が何度も教えられるわけじゃないし。

「僕は冒険者として外で活動しているから、実際に教えられる時間には限界がありますので」

「そういう、貪欲《どんよく》な精神がなければ、料理も進歩しないでしょうね」

エーリッヒ支部長も、僕の考えを何となく認めてくれた。

「あとは、彼らがどう受け止めるかだけです」

「わかりました。次回もまたよろしくお願いします」

金を受け取った僕は、エーリッヒ支部長に告げる。

「技術や知識のすべてを見せろと要求されたら、逃げ出しますので」

「わかっていますよ。他の場所のギルド支部長にも話を通しておきます」

そうして僕は仲間のいる宿に帰ることにした。

×　×　×

勇者たちは様々な不幸を味わった。

体は蜂の毒針で腫《は》れ上がり、相変わらず全裸《ぜんら》のまま。

泥水で腹を壊し、毒のある植物を食して生死をさまよう。彼らはそんなことを何度となく繰り返した。

それでも彼らは反省することなく、怒りに囚われていた。

「クソが！　何で誰も彼も助けに来ねぇんだよ！　俺らは勇者だぞ。賞賛され、喝采《かっさい》を浴び、一生贅沢ができる恵まれた特権《とっけん》を持っている！　それを平然と裏切りやがったあいつらは、断罪《だんざい》されるべきなんだ！」

ベルファストは枯《か》れた声を上げていた。

ベルファストを始めとする勇者たちが、かくも傲慢なのには理由があった。

そもそも甘やかされて育っていたが、彼らが傲慢で悪辣《あくらつ》であることで利益を得る存在がいるのである。

×　×　×

勇者たちが冒険者になったその日——

最低位の10位からのスタートに、彼らは納得しなかった。

もっと高い順位を要求したが……「冒険者ギルドの規則は変えられない」との答えだけが返ってくる。

勇者たちは「これも試練だ」とよくわからない勘違いをして、狩りを始めることにした。

「アハハハ！　モンスターというからどれだけ強いのかと思ったが、完全な雑魚だなぁ！」

彼らはウルフ一体に全員がかりで襲いかかった。

そして、気の済むまで徹底的にいたぶる。

ひたすら無意味な攻撃によるオーバーキルである。

「おい、ユウキ。さっさと解体して金にして来い！　いいか？　できるだけ大金にしてくるんだぞ？」

「……」

当時、ユウキは異世界にやって来た直後だった。

目の前の理不尽《りふじん》な現実に戸惑ったが――ともかくズタボロにされたウルフの死体は、解体できるような状態ではなかった。

毛皮はボロボロで、肉はグチャグチャ。

すでに解体のしようがない状態だった。

その後も勇者たちはウルフを狩ったが、結果は同じだった。

ユウキがそのボロボロの素材を冒険者ギルドに持ち込むと――

「何ですかこれは？　これを買い取れと？」

職員の誰もが呆れ果てていた。

その一方で、非常に優れた素材が紛《まぎ》れ込んでいた。偶然、ボロボロにされるのを免れた部位があったのだ。

しかし、順位に不似合いな上等すぎる素材なので、逆に警戒されてしまう。

この頃はまだユウキの実力は認識されていなかった。

とはいえ、冒険者ギルドはしっかりとした評価を出して換金した。

だが、ユウキが帰ると絶望が待っていた。

「ァアン！　たったこれだけだと！　ふざけるな！　あれだけ世界の脅威となるモンスターを多数倒したのに、その報酬がこれだけなんてどう考えてもありえない。おい、ゴミクズ勇者のユウキ、換金した金をネコババしたんじゃないのか⁉」

ベルファストを筆頭に全員がユウキに疑惑の目を向ける。

ユウキは売却の査定《さてい》を書いた紙を見せたが――

勇者たちはその中身の意味がまったくわからなかった。そもそもこういう数字を読むのさえ面倒くさがったのだ。

「クソッ、冒険者ギルドめ。わざとわからない理由を書いて、換金額を誤魔化《ごまか》しているな」

ギルドが換金額を誤魔化すなどありえないのだが、彼らはそう思い込んでいた。

結局、怒りは収まらない彼らはユウキに八《や》つ当たりをするのだった。

その後、何度か狩りをするが、ウルフ程度の報酬など、数をこなさなければ高いものではない。ユウキの能力がいくら高くとも、いずれ所持金が底をつくのは当たり前だった。

そうして彼らは、とある存在を頼るようになる。

「やあやあ、これは勇者様。よくぞ来てくれました」

「冒険をする金を出してくれ」

「ハイハイ、お安いご用ですよ」

怪しい雰囲気をまとった貴族は、一枚の紙を差し出す。

「一応契約なんで、書類にサインをお願いします」

勇者たちが何も考えずサインをしようとしたとき――

「おい、ちょっとまて。この契約はおかしい」

ユウキが間に入って止めた。

「なんだよ？」

「この契約書の中身はおかしすぎる」

「そんなもんどこにもねぇぞ」

「おかしいのは契約の遅延《ちえん》した場合と違反した場合の二項目だ。こんな馬鹿げた内容、ありえない」

ユウキは目ざとく契約書をすべて見て、おかしな部分を見つけたのだ。

ユウキはベルファストらにサインなどするなと忠告したが、彼らは目先の金目当てにサインしてしまう。

そうして金を得た彼らは見た目だけきらびやかな装備をそろえていった。

彼らはそのとき、洗脳《せんのう》を受けていたのだ。

×　×　×

勇者たちが今いる所に戻る。

彼ら全員は、衰弱・毒・空腹などに苦しんでいるが、ある程度の生命力を持っているため、何とか命を繋いでいた。

だが、危機的状況であることには変わりない。

今モンスターに襲われれば全員死亡である。

そうでなくとも死に瀕《ひん》している。

そうしてさらに時間が経過していく。

「ハァハァ……」

彼らは高熱を出してうなされていた。

受けた毒による症状である。

味わったことがない感覚に視界が乱れ、意識が飛ぶ。このままでは間違いなく天に召されてしまうだろう。

「誰か……誰か来てくれよぉ……」

ベルファストが涙を流しながら懇願《こんがん》する。

あれだけの非道《ひどう》を平然としておきながら、自分が困ったときは助けてもらいたいと願う。彼らはそんな都合の良い性格だった。

「――――」

どこからか、声が聞こえた。

幻聴《げんちょう》かと思ったが、誰かが探しに来たのかもしれない。そう判断した勇者たちは、無理して大声を出す。

それは声にもならなかったが、人の気配が近づいてくる。

「あっ！　おいいたぞ！　こっちだ」

ここで彼らは一命を取り留め、町へ帰還《きかん》することになった。

第6章　勇者とユウキ

調査隊により、ベルファストらは死ぬ寸前で発見された。

すぐに治癒術と解毒剤が施され、生命の危機は脱した。だが、衰弱しきっておりその場での治療は困難と判断される。

担架《たんか》で町へ運ばれ、ベッドに全員寝かせられた。

勇者たちは久方ぶりに安全な場所での休息を得て、徐々に体調を持ち直していった。

調査隊を送った老人が、勇者たちが寝かされているベッドへやって来る。

老人は、ベッドで横になったままのベルファストに向かって呟く。

「いやはや、威光《いこう》ある勇者様らがあのような無残な状態で見つかるとは……まさか考えもせんでしたな」

「クソッ……あいつらめ。役に立たないどころか、裏切りやがって！　俺と組んでいれば、誰よりも良い環境で、誰よりも贅沢ができたってのによ」

ベルファストたちは、連れていた冒険者が悪いとの認識だ。

裏切りの原因が自《みず》らにあることに、未だ気づいていなかった。あくまでも自分に正義があると信じきっているのだ。

華々しく活躍し、歴史に名を残す。見目麗《みめうるわ》しい人々に囲まれ、贅沢三昧《ぜいたくざんまい》して、何不自由のない生活を送る。そのような資格が自分にはあると信じて疑わない、愚かなベルファスト。彼は今なお、その夢を叶えようとしていた。

見栄えだけの装備。収入以上の贅沢。見せかけだけの人々との交流。

勇者らがそれに溺《おぼ》れるのは、すべてとある計画の中の一つであった。

彼らは踊《おど》らされているに過ぎないのだ。

自分らこそが人々を導ける唯一絶対の存在だと。そんな力量も勉強も努力もしていないにもかかわらず。

「クソッ！　くそくそっ！　どうしてこんなになったんだ！」

ベルファストは怒りのままに暴れてしまいそうだった。

「いったい何があったのですかな？」

老人に尋ねられ、彼は怒りをぶちまけた。

「……なるほど」

「どう考えても冒険者ギルドの連中がおかしい！　俺らは勇者だ！　光の当たる存在なんだ！　それなのにまったく認めようとしない！」

怒りの矛先《ほこさき》は冒険者ギルドに向かった。

身勝手な論理だが、老人はベルファストを肯定して笑顔でこう伝えた。

「……それならば、新たに組織を立ち上げれば良い」

「えっ？」

驚くベルファストに向け、老人は続ける。

「冒険者が信じられないのならば、勇者だけで組めば良いのですよ。勇者だけが入れ、勇者だけで構成され、勇者だけを最優先に考える新たな組織。勇者ギルドとでも言いましょうか。それを立ち上げ、勇者こそ世界を照《て》らす存在と示せば良いのです」

「そうか。その手があったか！」

「そうです。冒険者ギルドの評価など気にすることはありません。様々な人材を用意しますから、冒険者を辞《や》めて組織を立ち上げるのです」

それから男は、ベルファストたちの他にも、王族や貴族で構成された勇者のパーティが多数おり、各地で活躍していることを伝えた。

それら勇者はベルファストらと同様、冒険者ギルドから冷遇《れいぐう》されているらしい。

「そ、そうなのか？　でも、今からでは遅くはないだろうか」

「あなたたちは若い。いくらでもやり直せます」

ベルファストはその気になった。

「そうだな、冒険者ギルドが悪なのだ」

そうして声高《こわだか》く宣言する。

「俺たちは勇者だ！　ならば、勇者だけで構成された組織こそがふさわしい！」

勇者たちは全員、ベルファストの言葉に賛同《さんどう》した。

老人は勇者らに背を向け、先ほどまでの優《やさ》しげな表情から別の顔を見せる。

真顔になった老人は、誰にも聞こえないほど小さな声で呟く。

「……こんな馬鹿どもに金を出し、ご機嫌取りまでしなければならぬとはな。しかし、これで貴族の爵位の復帰《ふっき》、広大な領地、莫大《ばくだい》な報酬が約束された」

ククク、と老人は笑い声を上げる。

彼は、没落《ぼつらく》貴族であった。

元々、最下級の爵位を持ち、細々とした年金で暮らしていたが、欲深かった彼は国の金に手を出した。

それが発覚し、すべてを失う。

その日の暮らしもままならないほど、彼は追い詰められた。農地は持っていたが根気《こんき》がないので、畑仕事などできるはずもない。

与えられた家や農地を担保に借金して博打《ばくち》をしたが、案の定《じょう》失敗。最低限の生活地盤《じばん》すら失ってしまい放り出された。

やがて路上で慈悲《じひ》集めをするようになる。

そうしたときに、何者かが接触してきた。

上等な服を着たその人物が、大金の入った布袋を差し出して言ったのは――「勇者を活躍させろ」だった。

貧窮《ひんきゅう》していた彼は、慌てて承諾する。

急いで身なりを整えて部下を雇《やと》い、貴族に見えるようにした。そうして、死の淵《ふち》をさまよっていたベルファストたちに接触した。

それから、定期的に金が届くようになった。

「あいつらなど適当にあしらい、動かせば良い。とにかく金だ」

勇者たちを助けたのは、金のため。

愚かな勇者と、愚かな元貴族。

会うべきではなかった両者の邂逅《かいこう》が、ユウキの先行きにどう影響を及ぼすのか判明するのは、もっと先のことになる。

×　×　×

とある町の冒険者ギルドにて――

「なるほど。貴族らしき者が、勇者を救い出したのですね」

「はい」

報告を聞いたギルド支部長リリエットはため息をついた。

そのまま死んでくれればベストだと考えていたが、ああいう手合いがしぶといことは理解している。

あれほどのクズといえど、助けを得ることもあるのだ。

このままでは、さらに良からぬことが起きるだろう。

そう判断したリリエットは、すぐさま行動を開始する。

「勇者たちだけでなく、その貴族らしき者にも人をつけて監視《かんし》なさい。どうやら背後には不気味な連中が多数いるようですね。資金の出所も調べ、関係者すべてを洗い出しましょう。冒険者ギルドと敵対するなど、どれだけ現実が見えていないのか、嫌というほど教えてあげます」

「わかりました」

そうしていると、別の人物が入ってきた。

「報告します。ユウキ様と接触したユンファ技術男爵殿が、噂となっている解体台のパーツや設計図などを手に入れました」

「無理やり派遣した成果は出せたのですね」

リリエットは笑みを見せた。

「現在、工房でそれを仮組みし、材料の設計などを始めております」

「どれほどの期間がかかるのですか」

「常識では考えられない技術が用いられており、時間はかかってしまいましたが、あと三ヶ月あれば完成品ができるかと」

リリエットはそれを聞いて深く頷き、指示を飛ばす。

「その完成品は、すぐさま実用テストを行いなさい。問題がなければ、冒険者ギルドのマストアイテムとして大量販売を開始します。当面は登録している冒険者だけに販売しますが、それだけでもとてつもない数字が必要となるでしょうね。パーツと組み立てを担当する職人らを、できるだけ集めておきなさい！」

久方ぶりに良い話に、ギルド職員全員の顔が綻《ほころ》んだ。

今や、ユウキの吊り上げ式解体法は、知らない者はいない。だが、それは膂力《りょりょく》や技術がないとできないとされていた。

それを解決したのが、件《くだん》の解体台である。

この情報は、エーリッヒ支部長からもたらされた。それを使えば、女性でもボアを吊り上げられるというのだ。

エーリッヒ本人に確認したら、その地に滞在《たいざい》中のユウキが完成品を持っていることがわかった。

そんなわけで、ユンファと技術者らを送ったのだ。

本当は完成品が欲しかったが、ユウキと一緒にいるパーティメンバーが使っているとのことで、諦めるしかなかった。

ともかくこれで、解体作業が格段に楽になる。宙に浮かせて処理できるので、どこからでも刃物が入れられるのだ。

解体技術の飛躍的な進歩となるだろう。

リリエットは笑みを浮かべながら、仕事を進めるのだった。

×　×　×

貴族に戻った老人の手厚い看護を受け、体調を回復させていく勇者たち。その回復速度は、常人では説明不可能な速さだった。

というのも――

（ククク、珍しい薬を使っただけのことはあるな。さすが、回復効果は高いが依存性があるとして、冒険者ギルドが製造禁止したほどの薬だ）

貴族の老人はそんな危険な薬を何も知らせないまま、勇者たちに大量に服用させた。

彼の頭を占めているのは、権力と金だけだ。

だが、そのような人物であっても、勇者たちの命を救ったのは事実。むしろ、彼ぐらいしか勇者を助けようと考えなかっただろう。


体調が回復すると、勇者たちに美男美女をあてがった。

彼らを煽て、持ち上げ、甘美《かんび》な夢に誘う。貴族の老人は、勇者たちにひたすら欲望のままに振る舞うことを覚えさせた。

「勇者様、そろそろ愚民《ぐみん》どもに、その偉大さをお見せするべきかと」

貴族の老人がそう言うと、ベルファストが応える。

「あぁん？　そうだなぁ、まずは俺らを裏切った冒険者ギルドをどうにかしねぇとな！」

「「もちろんです」」

他の勇者たちもやる気を見せた。

「そうなると、明確な実績が必要となるでしょうが……」

「竜退治とか！」

大風呂敷を広げるベルファストを、貴族の老人は落ち着かせる。

「いえ、むやみやたらに行動してはだめです。ここは、困っている人たちに活躍を見せつけるべきです」

そうして地図を取り出す。

「実は、この町でモンスター大量発生の情報が出され、討伐できる人材を募集しておるのです」

「なるほどな。困っている人がいる場所で華々しく活躍すれば、名声も金もいくらでも手に入るか」

――良い考えだと、ベルファストは言った。

「手助けできる人材を多数お付けします。倒したモンスターの解体や販売はこちらですべて行いますので」

「わかった。よろしく頼むぞ」

「勇者様らは、この金で装備を新調《しんちょう》してください」

そうして大金を出す貴族の老人。

勇者たちはその金を乱暴に掴んで、装備を買いに行った。

「フン、馬鹿を動かすのは簡単だな」

老人は裏で毒を吐く。

彼にとって勇者たちはただの金づるに過ぎない。こうして援助しているのは、金を出してくれる支援者の言いなりに動いているだけだ。

勇者たちがどんな危険な目に遭おうともどうでもいい。ただし、死んでしまうとなると金が手に入らない。それだけ気をつければいい。

そんな考えしか、老人にはなかった。

ひとまず補助を付けて、勇者たちを適当に進ませる。

「たかだか、モンスターの解体と販売では大した金にならんだろうな。まぁ何もせぬよりましか」

老人はそう言って笑った。彼もまた、解体の重要性を理解していなかった。

適当に切り裂けばいい、そう考えていた。

そうして、「裏市場」に回すつもりなのだ。モンスターの素材は通常であれば、冒険者ギルドの厳正《げんせい》な審査を経てから市場に流される。

だが、非合法な市場も存在する。

それが裏市場で、その市場は裏の人間が集まるスラム街にあった。そこで取引される品は種類も質も千差万別《せんさばんべつ》で、粗悪品《そあくひん》や非合法の品も多いという。

正規のルートで売買される品は品質が保証されているが、当たり前だが、裏市場にはそんなものなどない。

そんな市場なので、まともな法も秩序もないのだ。

老人は、勇者たちが狩ってきたモンスターを裏市場に回せば、多少儲けられると計算していた。だが、そこが素人の浅はかさだろう。まともな交渉術も持たない者では、食い殺されるだけなのだから。

一方、勇者たちはいかにもきらびやかな装備を調えてから、問題の場所へ馬車で移動することになった。

×　×　×

「これでようやく用は終わりか」

僕、ユウキはぼそっと呟く。

吊り上げ式解体台のパーツや設計図を技術者に売り、料理とかも教え、いろいろ振り回されて、少しばかり疲れたな。

そうしてやっと宿屋に戻ってきた。

「「「「おかえりなさ～い」」」」

仲間たち全員が笑顔で迎《むか》えてくれる。

部屋は、僕らお金を出せる範囲で一番良い宿を選んである。風呂は大きく、トイレは自由に使える。布団だって綺麗なものがあった。

リフィーアが嬉しそうに聞いてくる。

「お仕事のほうはどうなりましたか?」

「報酬は出してもらったよ」

あとは解体台の現物ができ上がりしだい、その販売額の一部をもらえることになっている。

報酬のことを告げても、リフィーアは不満げだった。

「いや、待たせてごめんね。ギルド支部長直々の頼みで、断れなかったんだ」

「咎める気はありません。しかし……」

例の避妊薬を飲むようにと。

その問題か。

「もう、そういう話になってるの?」

「私たちの働きなど高が知れています。こういうのがお好きでないことも理解してますが、みんな収入が不安定なのです。伴侶《はんりょ》探しには血眼《ちまなこ》にもなりますよ」

ちなみにこの世界では、一夫多妻《いっぷたさい》制が容認されている。

稼ぎさえあれば、であるが。

そんなわけで、稼ぎのある冒険者は様々な方面から無数の結婚相手を押しつけられるというのだが、急展開すぎるな。

僕はため息交じりに返答する。

「はぁ……わかったよ」

「やりました！」

全員大喜びしていた。

いや、面倒事が起きそうで大問題なんだが……

×　×　×

次の日、本格的に狩りをすることになった。

複数パーティでの大規模討伐依頼があったので、参加してみる。

さっそく集合場所に向かってみたが、六組しかおらず人数も少ない。

また、解体技術を持つ者は一人もいなかった。他のパーティは獲物をそのまま換金に出しているようだ。

そこで、僕は他のパーティに提案してみる。

「最低でも内臓と汚物は除いたほうがいいですよ。換金額が大きく変わりますから」

「それはわかってるが、道具も知識も技術もないんだ」

「大丈夫です。僕らが請け負いますので」

換金額の二割五分という、相場よりちょっと上乗《うわの》せして交渉してみたが……彼らはそれでも利があると感じたようで、すぐに合意してくれた。

その後、一行はモンスターが多いと見られる町の東側へ行き、さっそくモンスターを狩り始めた。

「これを頼むわ」

「了解」

そこにはウルフやボアがたくさんいた。他のパーティはそうしたモンスターをひたすら狩り続け、僕らは解体だけを専門に行う。

「ふぅ～」

もうどれぐらい解体したのかわからない。

僕は同時に複数の解体をこなせるので、解体用の三角テントをいくつも作り、それに順次モンスターを吊り上げて作業をした。

吊り上げて、裂いて、内臓と汚物を桶に落として、魔法のバッグに入れていくというルーティンである。

「次、いけるか？」

「もちろん」

他のパーティのメンバーはひたすらモンスターを狩ってくる。次々とモンスターが運ばれてくるが、順番待ちを作らせないほど、僕は手早く処理した。

でも、本当は毛皮まで剥ぎ取りたいんだよな。

そのほうがさらに高く売れるのだが……こういう場所では仕方がない。

別のパーティのリーダーが言う。

「もうすぐ仲間が帰ってくる頃だ」

「それじゃ、食事の準備に入る」

僕はそう返答し、料理を請け負うことにした。

持ってきた食材は多くないし、全員大食いそうなのを考えると……とりあえず腹が膨れるお粥のような料理がいいだろうな。

薪を取り出して火をおこし、大きな鍋をいくつも出して料理を始める。

米、調味料、干した塩漬けの肉、干した果実などを鍋に入れて煮込んでいくと、あっという間にできた。

さっそく料理を配っていく。

おっと飲み水も忘れずに。

「おっ、こんな場所で、温かい料理とはありがたいぜ」

冒険者たちは、僕の作った料理にいたく感心しながら食べていた。

夢中でお粥をかき込む彼らに、僕は壺《つぼ》を差し出す。

「何だこれは？」

「魚の内臓を塩漬けにしたものだよ。お粥に入れると美味いんだ」

味に変化をつけられるし、これ自体がなかなかいける。

魚は海に面していないこの辺りでは手に入らないが、こういうのはどこにでも売られていた。

「へぇ、なるほどな」

「こりゃなかなかいけるぜ！」

かなり原始的な料理だが、それで感激《かんげき》されてしまうほど、この世界の料理文化は遅れている。単に、料理を楽しむ余裕がないだけかもしれないが。

各自、鍋の中身のお粥を継ぎ足しておかわりしていく。

塩漬け肉は塩気《しおけ》を抑えてある。干した果実が入っているので、不足しがちな栄養バランスを補《おぎな》えるだろう。

「食った食った。よし、交代だ」

警備をしていた他のメンバーと入れ替わりになる。

僕は彼らにもまた同じものを出す。複数の鍋の火加減を一人で見るのは大変なので、リフィーアたちにもお願いする。

なお、僕たちの食事の順番は最後だった。

「やっと、食べられますね」

ようやく他のメンバーの食事が終わり、僕らの順番が回ってきた。

僕はリフィーアに謝《あやま》る。

「ごめんねぇ。こういう仕事を率先してやる者がいないと、複数パーティでの討伐なんてできないからさ」

リフィーアには早めに食べさせたほうが良かったか。

討伐のときは誰よりも働いていたし、食事の順番が最後なのは不満だと思う。だが、警備してくれる人を先に食べさせるのが、冒険者のルールなのだ。

「でも、ユウキが一番働いてるのですから……」

文句を言うわけにはいけない、と。

良い子だな。

そうして食事が終わり、狩りが再開されることになった。

狩りは日暮れまで続いた。

「よし、こんなもんだろう」

一斉に撤収《てっしゅう》に入る。

松明《たいまつ》などは持ってきているが、モンスターは夜に戦闘力が高くなる。

どうしても留まらないといけない事情がなければ、日没までに帰るのが常識だ。


町に戻り、冒険者ギルドにやって来る。

今回の大規模討伐で得た素材の成果を、大まかに報告した。

「わかりました。大型倉庫を複数押さえていますので、順番を決めておいてください」

順番とは、どのパーティから解体に取りかかるのかということだ。

解体できるメンバーがパーティにいなければ、手数料を払って解体できる人材を斡旋してもらい、倉庫で解体させる。

モンスターの素材はわずかな時間経過で買い取り値が下がるので、先にやるほうがいいのだ。あとに回されたことで、素材自体をだめにすることもあるらしい。

ちなみに、魔法のバッグには劣化を防ぐ効果はない。

「どうするか？」

「「「う〜ん」」」

各リーダーらは考え込んでいた。

早く解体を済ませたいが、解体できる人員には限りがある。僕が基礎的な解体を済ませてあるので、そのまま商人に売ってもいいかもしれない。

こうした判断はリーダーの仕事だ。

「ユウキはどうするのか？」

リーダーの一人が聞いてきた。他のパーティはそろって、今持っている三分の二を解体に出すことにしたようだ。

「こっちは四分の一だけ出して売ろうかな。残りは自分らで食べる」

何しろ、大食いメンバーをたくさん抱えているのだ。手持ちを確保しておいて損はないだろう。

そうして話は終わり、各パーティはここで別れた。

僕らはいったん町の外に出て、ボア一体を解体した。内臓は先に取り除いてあるので、傷むスピードは遅い。

全員で解体をして、かなり早く終わった。

そして、それを食堂に持っていった。

「クウッ～！　こんな分厚い肉を食べられるなんて！」

目の前で肉が焼かれる。

ジュウジュウという音に食欲が刺激される。

この世界では畜産業《ちくさんぎょう》が発達していないので、肉は基本的に狩猟《しゅりょう》しないと手に入らない。そのため値段も少々高めである。

こんなふうに大きな肉を食べられるのは、冒険者の特権だ。

「いただきま〜す」

各自、僕の用意したタレをつけて豪快《ごうかい》に肉を食べた。焼いただけの肉が、僕特製のタレでさらに美味しくなる。

ガツガツガツガツ。

無我夢中で肉を口に放り込む。

山盛りの肉を用意したが、あっという間に半分消えてしまった。

それなのに、彼女たちの箸は止まらない。

山がすべて消えてもまだ食う。付け合わせにサラダも用意したのだが、あまり食べてくれず、ひたすら肉ばかり食う。

もうひと山追加したら、また平らげてしまった。

どんだけ食うんだ？

どうも胃袋の大きさが僕とは根本的に違うように感じる。

さらにもうひと山追加したら、徐々に勢いが止まってきた。だが、この分だと次回はもっと多めに用意しておかないといけないな。

それから数分して――

「「「「ご馳走様でした！」」」」

全員満足したようで、ようやく箸を置いてくれた。

「ああ……し・あ・わ・せ」

リフィーアは本当に幸せそうだった。僕は早めに食事を終えていたので、ずっと見ているだけだった。

「よく食うねぇ」

「もちろんですよ。肉なんてなかなか食べる機会がなかったですから」

「同じくです。農民に肉はありえなかったです」

リフィーアもエリーゼも、わりと貧しい生活を送っていたらしいからな。

「満腹《まんぷく》です」

「美味かったです」

「久方ぶりにお腹いっぱい」

リラもフィーもミミも満足そうだ。

しかし、なぜ太らないのかなぁ。これだけ食えばカロリー過多《かた》なはずだ。やっぱり異世界だからなのか？

とりあえず彼女らは満足したようなので、宿屋に戻って寝ることにした。

×　×　×

翌日もモンスター狩りに精を出そうとしたが、ここで問題が起こった。

「チッ！　そっちにゴブリンが行ったぞ」

そう、ゴブリンが湧《わ》いてきたのだ。

ゴブリンは基本的にこうした草原には現れない。

通常、森の深くや洞窟《どうくつ》に棲息《せいそく》しているのだが、血の匂いを嗅ぎつけてやって来たのだろう。

ゴブリンの身長は人間の子供ぐらいで、動きは俊敏。知恵まである。

このモンスターがとりわけ厄介なのは、その異常な繁殖力《はんしょくりょく》だ。人間などの他種族とも交尾ができ、子を生ませることで大きな集落を形成する。

戦闘力が高い個体もおり、そうした個体は並の冒険者を圧倒してしまう。

それにもかかわらず、巨大な群れとなって町を襲撃することも少なくない。

本日は、そのゴブリン退治である。

バシュッ。

僕は弓矢で一体のゴブリンの頭を撃ち抜き、即死させた。

他のパーティの仲間もゴブリンと戦っている。

なお、最優先で守るのは女性だ。連れ去られて繁殖されては困るからな。

ゴブリンの足跡《あしあと》をたどり、奴らの巣穴を探す。

「ここか」

他のパーティのリーダーが、大人一人が何とか入れる程度の穴を見つけた。

「足跡から見て、ここで間違いないだろう」

「どう攻めるか？」

パーティのリーダーたちが集まって議論を始める。

ゴブリンは夜目《よめ》が利く。もしこの狭い洞窟で戦闘となれば、かなり不利だろうな。いや全滅させられてもおかしくはない。

そこへ僕が提案する。

「作戦がある……」

僕が伝えたのは、巣穴からゴブリンを炙《あぶ》り出すという奇襲だった。

リーダーの一人が尋ねてくる。

「確かにその方法なら出てきたのを叩くだけだが……どうやって炙り出すんだ？　そんな便利な道具でもあるのか？」

僕は答える。「もちろん」だと。

握り拳ぐらいの玉を取り出す。玉からは導火線が伸《の》びており、僕はさっそくその導火線に火をつけた。

「この煙は嗅がないように」

玉を洞窟に投げ入れ、さらに何個も取り出しては同様に繰り返した。

しばらく待っていると、煙が洞窟から漏れ出してくる。

そうしてさらに時間を置く——

「「「グギャァ～」」」

やがて、何体ものゴブリンが飛び出してきた。

「よし、出てきたよ」

「お、おう」

他のパーティが、すでに瀕死《ひんし》状態のゴブリンに止《とど》めを刺していく。その作業をしばらく繰り返していたが、いくら倒してもゴブリンは無数に出てくる。

「やはり数が多いな」

それからもゴブリンの流れは止まらない。入り口は狭いが、巣穴の奥には広い空間があるのかもしれないな。

もしかしたら他の出入り口もありそうだ。

僕は他のパーティのリーダーに言う。

「すまないけど、他の場所から脱出していることも考えられる。僕はそちらを探そう」

リフィーア、エリーゼたちと一緒に他の場所を探す。煙は他の場所から出ているだろうし、匂いを頼りに探してみるかな。


「ここにも穴があるのか」

東側に回ってしばらく歩くと、同じように穴を見つけた。

煙が出ていないので、先ほどの場所とは繋がっていないようだ。

同じように、玉の導火線に火をつけて投げ入れる。ゴブリンがいないならいないに越したことはないが、放置すると危険だからな。

エリーゼに穴の出入り口を固めさせる。しばらくすると、同じように危険な色の煙が立ち上ってきた。

「「「アギャァ～!?」」」

ゴブリンが数体飛び出してくる。

「皆、倒すよ」

「はい」

エリーゼに声をかけ、ゴブリンに攻撃する。

エリーゼは魔術で、リフィーアとリラとフィーとミミは武器を使う。まだまだ連携も何もないが、それでも何とかゴブリンたちを倒していった。

討伐の証拠品として、遺体《いたい》から角を取る。

ゴブリンの素材の換金率は悪く、さして重要な部分がない。なので、解体せずにできる限り数を稼ぐ。

穴からでてきたゴブリンを倒すという作業を繰り返した。


「ユウキ、先ほどの道具は何なのですか？」

エリーゼは、僕が使った道具のことを聞きたいようだ。

「木炭などを粉状にして、各種材料を混ぜ合わせ、それを球体の中に入れて、導火線を付けただけ」

主に洞窟などにいる敵を炙り出すために使う道具だと説明する。

「普通の煙とは違うようでしたが」

「確かに違うね。普通の煙は上に行くけど、これは重く下に沈殿《ちんでん》していくし、結構強力な毒性もある。弱いゴブリンなら、煙だけで倒せるかもね」

特殊な配合をしているため、煙は上ではなく下へ進むのだ。

それだけではなく各種の毒を混ぜているので、これを食らったら、洞窟内では逃げ場がなくなるだろうな。

「さて、もうしばらく様子を見よう」

穴の中にいるゴブリンの総数が不明なので、しばらく待たなくてはいけない。

生き残りがいると知恵をつけるので、根こそぎにやらないといけないのだ。

何度かゴブリンを倒すのを繰り返していく。

「出てこなくなりましたね」

「そうだね」

僕の道具の強力さを考えれば、この辺りの穴の中のゴブリンは全滅したと思っていいだろう。

とりあえず、休憩と食事を取ることにした。

「うぅっ、硬い麦のパンに塩辛い干し肉に水だけとは……」

全員が泣きべそをかく。

残念ながら、今回は悠長《ゆうちょう》に食事をしている時間はない。

いつもなら手の込んだ食事を取っているが、他にも回らないといけない場所が数多くある。今回は申し訳ないけど、速度重視でいく。

硬く塩辛い食事を、水で強引に胃袋に流し込む。

ゴブリンの死体を横目に食事を取るのはあまり気分がよろしくないが……数が多すぎて片付けるのも手いっぱいなのだ。


「次に行くよ」

他の場所の巣穴を探す。

「ユウキらか、巣穴らしきものを見つけた」

他のパーティが先に来て、待っていてくれたようだ。

「さっきの道具を頼む」

「了解」

導火線に火をつけて数個穴の中に投げ入れてしばらく待つ。

さっきと同じように、ゴブリンが苦痛に悶《もだ》えながら大量に出てきた。

「連携を取りながら倒すぞ。一体も逃がすな」

各自戦闘準備を怠りなくしていたので、多数のゴブリンを前にも動じずに対応する。

得物は個人個人違うが、メンバーの実力が結構高いようなので、ゴブリンぐらいならばさしたる脅威にならなかった。

倒し終わると証拠品を回収して、次が出てくるのを待つ。

「「「ガゥガアー!?」」」

別の穴にも多数のゴブリンが隠れていて、その数は三十を超えていた。

モンスターの大量発生は、どこかで定期的に起こる。なので、その掃除にはこんなふうに連携を取って対応しなくてはならない。

獲物や植物などが豊富なのか、予想以上にゴブリンが多いな。

すべての穴が巣穴とは限らないが、確認せず放置するとより危険なことになるので、確認せざるをえない。

何度も巣穴らしき穴を見つけては道具を使い、炙り出して殺すという単調な作業を繰り返した。

「いったん切り上げよう」

日が傾《かたむ》き始めた頃、撤収が提案される。

「そうだな。巣穴らしきものは二十箇所以上あり、そのほとんどに多数のゴブリンがいた。この分では、他の場所にも巣穴を作っている可能性が高い」

「それにもう道具がない」

かなりの数を製作していたのだが、巣穴の数が多すぎてなくなってしまった。

次を考えると、今回の三倍の量がほしいところだ。

町まで戻り、冒険者ギルドへ行く。

ゴブリンの巣穴が予想以上に多かったことを報告する。

「そうですか。こちらでも予測はしていましたが、数が多すぎますね」

まだ東方面だけでこれなのだ。西にも南にも北にも発生しているとしたら、他の冒険者も参加してくれないと、押されてしまうと伝えた。

「あと数日で第二陣が到着しますから、耐えてください」

それから僕は、証拠の品を出して換金してもらった。

僕にはやるべきことがあった。

ゴブリン討伐のときに使った道具を作らないといけない。

必要な材料は、木炭、硫黄《いおう》、毒性の煙を生む素材など。倉庫を借りて、大急ぎで製作することにした。

「手伝います」

リフィーアが申し出てくれるが、毒物を扱わせるわけにはいかないので、見学させるだけに留める。ちなみに口元は布で覆ってもらった。

大きなすり鉢《ばち》を出し、材料を混ぜ合わせる。

僕に魔術の素養はないが、魔術の知識は多少ある。そうした魔術の知識と前の世界の知識を組み合わせて作るのだ。

ゴリゴリジャリジャリ。

すり鉢の中で危険な物質が生み出されていく。

前の世界では時間がかかるものでも、こちらの世界では魔術によってすぐできる。

完成品をスプーンですくい、硬い紙で作った球体を半分に割って詰める。

十分な量を入れたら導火線を挟んで、もう半分をかぶせ合わせる。継ぎ目を濡《ぬ》れた紙でとじて乾燥《かんそう》させれば完成だ。

今後も頻繁《ひんぱん》に使うことを考えると、多いに越したことはないな。

二百個ほど作って終わることにした。

「はぁ、こんな小さいのに危険なのですね」

リフィーアは完成品を見て、興味深そうにしていた。

「モンスターに比べて人は弱いけど知恵があるんだ。ゴブリンみたいな奴を倒すのには、こういう工夫が必要なんだよ」

便利なものはとことん使うべきだ。

完成品をすべて魔法のバッグに収納してから、待ってくれていたみんなに食堂へ行こうと伝える。

「「「やった！」」」

全員大喜びする。

しかし、前より肉の量が少なかった。僕が野菜を多めに取るように言うと、皆ショボンと残念な顔になった。

普段から野菜を取っておかないと体調が悪くなるし、冒険に出れば口にする機会が減ることを説明して納得してもらう。

大食い娘たちを養うのは大変だ。

そう考えながら、食堂をあとにする。

×　×　×

「さて、今日も狩りに行こうか」

「はい」

全員やる気に満ち溢れていた。

リフィーアは神殿に行って新しい奇跡を授《さず》かったそうなので楽しみだ。エリーゼたちの体調も良さそうだな。

ともかく、狩りに行かないとこの子らの食費が、ね。

装備や道具を準備して、冒険者ギルドに向かう。

いつもの冒険者ギルドの様子が少し違う気がする。

違和感を覚えながら中に入ると――

「あっ」

「貴様は……」

なんと、ベルファストたちと再会することになった。

彼らの装備は以前と違うが、やたらピカピカなのは変わっていない。

それらしい武器は持っているが無駄な飾りが多く、下手すると一撃でへし折れそうだ。

彼らと付き合うのはごめんだ。

そう思って引き返そうとすると、ベルファストが近寄ってくる。

「この、ゴミ、クズ、カスの最低最悪の外道《げどう》が！　貴様は人類の敵だ！　とっとと消えろ！　死んでしまえ！」

唐突《とうとつ》に罵詈《ばり》雑言《ぞうごん》を言い放つ。

向こうから僕を捨てたはずなのに、酷い言いようだ。

その一方で、勇者たちの中には謝ってくる者がいた。

「ごめんなさい。あのときはあなたの重要性を理解していなくて」

「すまなかった」

ただ、今更《いまさら》そんなことを言われても……

もう道は分かれてしまったのだ。

「もう一度パーティを組もう。我らならば、最高順位までいける優秀なパーティになれる」

ベルライトまで以前と打って変わって優しくなっていた。

だが、結局のところ彼らの中身はわかっている。

再び、解体や料理を僕に押しつけ、さらに酷使《こくし》しようとしているのだろう。

もはや信じることはできなかった。何より僕はもう、別のパーティを組んでいるのだ。

「お断りします」

二度と組む気がない意思を伝える。

すると、ベルファストが嘲る。

「ケッ。貴様などパーティにいるときも抜けたあとも、ずっと迷惑ばかりかけていたんだ。誰でもできるような雑用はできたから目を瞑《つむ》っていたんだぞ？　また戻れるというだけでありがたいだろ」

ベルファストはまったく態度を変えなかった。以前と同じように威圧《いあつ》してくる。

そこへ、エリーゼが噛みつく。

「何よ！　あなたたちはそれだけの実力があるとでも言うの！」

「いいからほっとこう」

僕が止めに入っても、彼女の怒りは収まらない。

ベルファストはエリーゼを見て、さらに馬鹿にしてくる。

「やはり雑魚につくのは雑魚のようだな。お前らは雑魚らしく小さな川で泳いでろ。我らは大河を悠々《ゆうゆう》と泳ぐ存在なのだからな」

「なんですって！」

売り言葉に買い言葉だ。これ以上やると本当の喧嘩《けんか》になってしまう。

エリーゼを何とかなだめて引き離す。

「……」

こういう相手は無視したほうがいい。

エリーゼを無理やり連れて、ギルド職員の所に向かう。

「依頼を受けたい」

「はい、依頼ですね」

ベルファストたちの面倒を見る気はないし、彼らが今後どうなろうと構わない。もうあんな役割は二度としたくない。

ギルド職員が出してくれた依頼のリストを、僕の背後からベルファストが覗《のぞ》き込んでくる。

「ふん、最底辺の順位の仕事しか受けられないとはな！」

ギルド職員は無言で「無視しろ」と伝えてくる。

すぐに受ける依頼を決めた僕らは、ベルファストたちを振りきって町の外へ向かった。

やって来たのは、町の北の平原だ。

そこで、ウルフ、シーク、ラビット、たまに現れるボアなんかを狩る。倒したあとは内臓の処理だけは済ませた。

「モンスターは結構広範囲に散らばってるね」

「そうですね」

数こそ多いけれど、あちこちに点在していて効率が悪い。僕は魔術が使えないので、それらを魔術で探すことはできなかった。

「エリーゼは探知《たんち》系の魔術は使える？」

「無理ですね。主に使えるのは、攻撃系のファイアアロー。その他にいくつかだけです」

ちなみに、彼女のファイアアローの使用回数は十回ほどで、無駄撃ちできないという。

ともかく、見つけしだい狩るという方針でいくことにした。

そうして狩りを続けていき、休憩の時間になる。

「さて、食事にしようか」

「やった！」

お金に余裕ができたので、前回の食事よりは良いものを食べる。

白パンに果物のジャム、干し肉と果実水を用意した。干し肉は塩辛いものではなく、適度に塩で味付けされた程度の食べやすいやつだ。

「いただきます」

食事を取りながら、ふと思い出した。

さっきのベルファストたちはどうしているのだろうか？

他にメンバーを加えた様子はなかったし、ギルド職員からは露骨《ろこつ》に嫌われているようだった。

なんとなく不安に感じる。

しばらくして食事を終えた僕たちは、狩りを再開することにした。

×　×　×

「ハハハハ！　見よ！　モンスターが山ほど狩れたぞ!!」

ベルファストはモンスターの死体の山の頂上に立つ。ベルライトとカノンも同じように声を上げていた。

だが、ファラとメルの表情は暗かった。

（こんな殺し方をしてどうするの？　ボロボロの死体を冒険者ギルドに持っていっても、

はした金にしかならないのに）

（ユウキがいた頃は、まとまったお金になったけど……）

ファラとメルは、自分たちを客観的《きゃっかんてき》に見られるようになっていた。

貴族からの施しは最低限しか受け取らず、自分たちのパーティの評判を冷静に見ることにしたのだ。

それで出した結論は、ユウキがいなければ「詰んでいた」である。

彼女らの生まれは勇者のパーティの中でも良く、高い教育を受けていたことが幸いだったのかもしれない。

なお、パーティを組む以前から二人は顔見知りだった。そのため互いの気持ちを理解している。

二人は冒険者に裏切られてから、「なぜこんな罰を受けるのか」と何度となく考え続けた。

そして今までの行動を思い返し、その原因に行き着く。

身勝手な振る舞い、恐喝、冒険者ギルドへの無礼な態度。

何より、ユウキの追放。

ファラとメルは勇者という称号を捨て、遠くへ逃げ出したかった。

だが、もはやそれで許される段階は過ぎていた。

冒険者ギルドが、勇者と敵対すると表明したのだ。

民衆から支持される最大組織であるギルドが、勇者排除に動き出したのである。

貴族の老人は、彼らの他にも勇者がいると教えてくれた。また彼の後ろには、支援者が存在するらしいとも。

それらはかつての王権復興《ふっこう》を願う高貴な人々だと聞いたが……

冒険者ギルドを頼ることができず、勇者や貴族を頼れなくなったファラとメルは自暴自《じぼうじ》棄《き》になっていた。


仲間の目をすり抜けて、二人はギルド職員に懇願する。

「お願いです！　私たちを助けてください！」

「何を言っているのかわかりません。あなたたちは勇者です。活躍を期待しております」

拒絶《きょぜつ》は明白だった。

彼らにとって、勇者は敵でしかない。

ファラとメルはそれでも食らいつく。

「お願いします。パーティから離脱できるようにしてください」

「お願い」

二人は地べたに頭をつけて頼む。

だが、ギルド職員は冷ややかだった。

「あなたたちにどれほどの罪状があるのか、ご存知ですか？」

それからギルド職員は、勇者たちが犯した罪を一つずつ言い募っていく。二人は罪の重さに押し黙るしかなかった。

「「……」」

ギルド職員が冷たく言い放つ。

「罰金を払ったり償《つぐな》ったりすれば減刑《げんけい》できますが……」

そうして提示された額は、とんでもないものだった。

どうやって返済するのか。

こんな額を納めるには、一生冒険者として働いても十分の一にもならない。

突出した能力があれば別だろうが、二人の能力は7位の下のほう。そうなると、ユウキとの縁を取り戻すしかないのだが――

「彼のことなら何も心配しなくても結構ですよ。冒険者ギルドが大切にいたしますからね」

二度と縁を戻せない。

ギルド職員からはそう断言された。

「「……」」

「もっと早く気づいていれば、こちらも『ちょっと火遊びをした馬鹿』で処理できたのですが、ここまで来るとどうしようもありません」

鉱山に売り払うか、男どもの慰《なぐさ》み者にするか。

どちらにしろ、死ぬ以上に過酷な人生が待ち受けているのは確かだった。

「やり直せないことはわかっています。考えを改めます。償いもします。どうか」

——助けてほしい。

これまで身勝手だったのだ。二人は通らない願いをしていると十分に理解したうえで、なお助けを求めた。

ギルド職員がため息交じりに告げる。

「まぁ、返済方法がないわけではないんですよねぇ」

もちろん、かなり苛酷《かこく》な道になるが。

ファラとメルは藁《わら》にもすがる気持ちで、ギルド職員の話を聞くことにした。

×　×　×

僕、ユウキは相変わらずモンスターを狩り続ける日々を送っていた。

「のどかだなぁ……」

モンスターを狩るという状況にいながら、僕はそう呟く。

勇者たちといたときは、心が休まることはなかった。けど、今は違ってこうしてのんびり過ごす時間がある。

仲間は徐々にだが、実力をつけていた。

エリーゼたちの順位は9位に上がったし、順調といえば順調だ。

僕を基準《きじゅん》にしているせいか、必死で訓練しているようだ。とりあえず無理はするなとは言ってあるけど……。


冒険者の第二陣が到着し、僕たちと合流した。ベテランの冒険者から、なったばかりの新人冒険者までいる。

冒険者ギルドはそれぞれ割り振りを行い、東西南北に派遣しているらしい。

僕は誰に話しかけるでもなく口にする。

「広く散らばっているな……次々と倒してもキリがなさそうだ」

ウルフやボアなどが多数いた。ウルフはリフィーアたちに任せて、僕はボアを中心に狩ることにする。

弓矢を使い、迅速《じんそく》に狩っていく。

数が多すぎるので、内臓を取り出すのはあと回しだ。

リフィーアたちは数人でウルフの群れと交戦している。あの戦いぶりなら、負けるということはないだろう。

ボアは弓矢だけでも死ぬが、中には死なない個体もいる。そのときは以前やったように、鎖で横転させて倒せばいいだけだ。

狩りは順調に進んだ。リフィーアたちとも合流し、みんなで解体作業をしようと、道具を魔法のバッグから取り出す。

いつも通り取りかかろうとしていると――

「オイッ！　お前ら！」

他のパーティの男から怒鳴りつけられた。

「何をする気だ？　今は大討伐の最中だろ。さっさとモンスターを狩れ！」

「もう必要数狩ったから、解体しようかと」

「ほう？　それは都合がいい。我々の狩ったモンスターを解体してもらおうか」

男はそう言うと、魔法のバッグから大量のモンスターの死体を取り出した。

すぐにエリーゼが抗議する。

「こちらはもう狩ったモンスターでいっぱいなんです。他のパーティの解体作業なんて受けられません」

「はぁ？　俺たちは新進気鋭《しんしんきえい》の凄腕冒険者だぞ。俺たちの仕事のほうが重要度が高いに決まってるだろ？　こちらの仕事を優先させるべきだ！」

自分で解体すればいいだけのはずだが、解体という仕事を馬鹿にしているようで、それには手間もかけたくないらしい。

解体のような地味な仕事は他人に押しつけて、戦闘だけしようという魂胆《こんたん》が見えた。

こういう考えの冒険者は多い。

ただ、モンスターを倒すだけでは金にならないことが、何で理解できないんだろうか。

冒険者ギルドにお金払えば、解体技術を教えてくれる。それさえ面倒くさがるから、結果として大損《おおぞん》するのだ。

僕は、彼らを典型的な「外見冒険者」だと判断した。

外見冒険者はモンスターを倒すことしか考えておらず、装備だけ立派なのでそう揶揄《やゆ》されているのだ。

ギルドにはそこそこ貢献してはいるけど、収入は高くないし、モンスターを倒す能力しかないので順位も高くない。

冒険者ギルドは、信用を傷つける冒険者に甘くない。

粗悪な素材を扱う信用できない冒険者は、どんなに戦闘に秀《ひい》でていても厚遇《こうぐう》されないのだ。

おっと、相手の不満が爆発しそうだ。

「ほら、さっさと解体しろ」

「なら、売却額の二割もらいます」

「お前馬鹿だろ？　たかが解体する程度で金取るってのか？」

「相場値ですよ。払えないというなら、他に行ってください」

僕は穏やかに話をするが、相手は引き下がらない。

自分らは有名な冒険者だから、それに貢献できるだけでありがたいと思え。そういう態度で接してくる。

こっちは忙しいいし、僕の仲間もあまりの横暴さに呆れている。

「さっさと、し――」

「失礼」

これ以上相手にするのは無駄だと判断し、僕は一本のナイフを取り出す。

そして、瞬時に切りつけた。

すぐに男は膝から崩れ落ちる。

麻痺《まひ》状態となったのだ。

「「て、てめぇ！」」

それを見た他の仲間たちが剣を抜いてくるが、僕は錘付きの鎖で足を払い、彼らをまとめて横倒しにする。

さっきの奴と同じくナイフをチクッと刺して終わりだ。続けざまに三人ほど麻痺させる。

「ヒ！　ヒィッ！　な、ななな、なんだよ！　こっちはただ解体をしてもらおうとしただけだろ⁉」

「お前らは礼儀というのを知らないのか？　横暴な態度を取り続けられていれば、誰でも嫌になるさ」

パーティで残っているのは、リーダーらしき男だけだった。

僕はそいつに向かって凄《すご》む。

「命までは取らないが、麻痺の効果時間はそこそこ長いぞ。あとは勝手にしろ」

僕はその場を離れる。

そのまま町に戻って、モンスターを解体することにした。


「――ということがありました」

僕は冒険者ギルドに、事のあらましを報告した。

冒険者ギルドは、冒険者同士の争いを禁止している。トラブルがあった場合、関係者が説明しなくてはならないのだ。

「そうですか。最近、モンスターに必要以上に攻撃を加えて素材をだめにしたり、モンスターを倒しているだけで偉《えら》いと勘違いしたりする者がいると理解してましたが……」

こういう冒険者への批判は、ギルドの悩みのタネだという。

彼らは自分が正義だと信じているが、恨《うら》みを抱いている無辜《むこ》の民は多い。そして、そうした恨みは、その冒険者に仕事を斡旋したギルドに向かう。

冒険者ギルドは、冒険者の間違いを正《ただ》そうと勉強会や交流会を開いているが、そういう奴らが参加することはない。

そうなると、もうギルドとしては大鉈《おおなた》を振るうしかない。

「問題の連中についてはこちらで対応します」

「わかりました」

いくら人手不足とはいえ、問題を起こす冒険者を放置していては、町民からの信頼は地に落ちてしまうのだ。

依頼の多数は町民からもたらされる。

時に大掛かりな討伐作戦もあるが、大半は「モンスターが現れたから駆除してください」といった町民からの依頼だ。

商品を積んだ馬車の護衛依頼も少なくない。

また重要人物の護衛というのもある。その場合、実力だけでなくしっかりした社会的信用がある冒険者に任される。

先ほどの自分勝手な馬鹿にはお願いできるはずもない。あの手の手合いからは、ただ倒せばいいという安直な解決策しか出てこないのだ。

さらに、高難度《こうなんど》の依頼が出されることもある。

過去には、「金剛石の外皮《がいひ》を持った城のごとき亀」「竜巻《たつまき》を生み出す怪鳥」「鋼鉄すらドロドロに溶《と》かす竜」などの怪物の討伐依頼があったという。

それらに近い脅威は今も実在している。それの討伐への作戦が練られているが、まだ具体的な方法は出ていない。

×　×　×

ギルド職員に報告を終えた僕は、リフィーアたちの待つ倉庫に向かう。

着くやいなや道具を出して解体作業に入る。

今回は、ウルフ四十体にボア三十五体。先にウルフから始めるか。

吊り上げて、腹を割いて、内臓を桶に落として、運んで、毛皮を剥ぐ。その単調な作業を繰り返していく。

仲間たちも解体の腕を上げているので、あとしばらく経験を積めば僕がいなくても解体をこなせるようになると思う。

それにしても……相変わらず見物人が多いな。

冒険者は暇《ひま》ではないはずだけど。

「あ、あの！」

若い女性だけの冒険者パーティの一人が話しかけてる。

「何か用事？」

「ど、どうしてそんなに早く解体できるのか、知りたくて」

「じゃ、教えてあげるよ」

僕はさっそく、死体を吊り上げることから説明してあげた。

そして、体の外側から内臓がどこにあるのかを説明し、どう切り裂けばいいのかなど丁寧に教えていった。

レクチャーするのに合わせて、実際に彼女たちにやらせてみる。

合間合間でつまずいてしまうポイントがあったので、それも親切に解説して、どこに問題があるのかを確認させた。

そんなふうにして、ウルフ一体を見事に解体した。

「「「「は～」」」」

彼女たちは自分で解体した素材を見て、感嘆の声を上げた。

何度も言ってるけど、解体にはしっかりとした手順がある。それを守れば失敗することはないのだ。

おっと、教えるのに夢中になってしまい、自分の作業が疎かになっていた。

それから僕は解体を、いつものように丁寧に進めた。

この解体技術によって僕は、尊敬《そんけい》されたり称賛《しょうさん》されたりする。時には嫉妬《しっと》されたり、とんでもないトラブルに巻き込まれたりすることもある。

それでも僕はこの解体技術で、異世界を楽しむのだった。

あとがき

皆様、初めまして作者の無謀突撃娘と申します。

この本を手に取っていただき、誠にありがとうございます。

本作は異世界ラノベではすでにお馴染みの『狩猟』と『ざまぁ』展開の作品です。創作の動機としては実にシンプルで、当時人気だった二つのテーマを組み合わせ、ノリと勢いだけで書いてしまいました。

タイミング的にも悪くなかったのでしょう。幸運なことに、出版化のお声をかけていただき、あれよあれよという間に、めでたく書籍として刊行される運びとなりました。

小説家として、まだまだ不勉強で未熟な私の作品が、まさか本になろうとは……。世の中、何があるのか分からないと、とても驚いています。

さて、異世界とは皆様ご存知の通り野蛮《やばん》な場所でして、まだまだ未開の地も多く、野生の狼やら猪やら熊やらが出てきます。それらの脅威を取り除くための組織が冒険者ギルドというものですね。本作にも、そこに所属する冒険者が登場しますが、この世界ではファンタジー小説では常連とも呼べる超常的《ちょうじょうてき》な存在――世界を滅ぼすドラゴンとか邪神といったもの――はあまり描いていません。普通に生活する、それがいいんです。

でも、中には大きな事件が起きないと満足しない人たちもいるわけで……。誰もが持つ賞賛や名誉への欲望。それらを過度《かど》に追求すると、どうなるのか？　分不相応な夢や希望は、やがて己の身を滅ぼすことに繋がる。私はそう思います。

黒髪黒瞳の主人公の青年ユウキは、尋常《じんじょう》ならざる身体能力を有しているものの、無敵でもチートでもありません。出生は特別ですが、彼自身は普通であることを求めています。

その一方、ベルファストたちは他者よりも優れた人間になることを常々望んでいます。けれども、彼らは特別な人間になるためのやり方を間違えています。

詳しくは本編をご覧《らん》いただきたく存じますが、要するに特別とは、その評価に見合うだけの努力を惜しまずに、前進し続ける人だけが得られる称号のようなものだと思うのです。

普通と特別。この作品では、これら二つのテーマも扱っています。

最後になりますが、読者の皆様をはじめ、素敵なイラストを描いてくださった鏑木康隆様、出版の際にご協力いただいた方々に、心より厚くお礼を申し上げます。

二〇二二年八月　無謀突撃娘